文春文庫

酒合戦

新・酔いどれ小籐次（十六）

佐伯泰英

文藝春秋

目次

「新・酔いどれ小籐次」おもな登場人物

赤目小籐次（あかめことうじ）
元豊後森藩江戸下屋敷の厩番。主君・久留島通嘉が城中で大名四家に嘲笑されたことを知り、藩を辞して四藩の大名行列を襲い、御鑓先を奪い取る（御鑓拝借事件）。この事件を機に、〝酔いどれ小籐次〟として江戸中の人気者となる。来島水軍流の達人にして、無類の酒好き。研ぎ仕事を生業としている。

赤目駿太郎
小籐次を襲った刺客・須藤平八郎の息子。須藤を斃した小籐次が養父となる。愛犬はクロスケとシロ。

赤目りょう
小籐次の妻となった歌人。旗本水野監物家の奥女中を辞し、芽柳（めやなぎ）派を主宰する。須崎村の望外川荘に暮らす。

勝五郎
新兵衛長屋に暮らす、小籐次の隣人。読売屋の下請け版木職人。

新兵衛
久慈屋の家作である新兵衛長屋の差配だったが、呆けが進んでいる。

お麻
新兵衛の娘。父に代わって長屋の差配を勤める。夫の桂三郎は錺（かざり）職人。

お夕
お麻、桂三郎夫婦の一人娘。駿太郎とは姉弟のように育つ。

五十六
芝口橋北詰めに店を構える紙問屋久慈屋の隠居。小籐次の強力な庇護者。

久慈屋昌右衛門　番頭だった浩介が、婿入りして八代目昌右衛門を襲名。妻はおやえ。

観右衛門　久慈屋の大番頭。

国三　久慈屋の手代。

秀次　南町奉行所の岡っ引き。難波橋の親分。小籐次の協力を得て事件を解決する。

桃井春蔵　アサリ河岸の鏡心明智流道場主。駿太郎が稽古に通う。

空蔵（そらぞう）　読売屋の書き方兼なんでも屋。通称「ほら蔵」。

うづ　弟の角吉とともに、深川蛤町裏河岸で野菜を舟で商う。小籐次の得意先で曲（わげ）物（もの）師の万作の倅、太郎吉と所帯を持った。

青山忠裕（ただやす）　丹波篠山藩主、譜代大名で老中。妻は久子。小籐次と協力関係にある。

おしん　青山忠裕配下の密偵。中田新八とともに小籐次と協力し合う。

お鈴　おしんの従妹。丹波篠山の旅籠の娘。

酒合戦

新・酔いどれ小籐次（十六）

第一章　神谷町の隠居所

一

文政九年（一八二六）睦月。

江戸に徳川政権が誕生して二百年が過ぎ、農村部も江戸などの都市部も社会が大きく変質していた。

農村部では大家族制が崩れ、小農の身内が生まれ、働き手として子どもが加わり、村の行事に参加していく。それら子どもが若者組入りするのが十四歳であった。

小農一家になった理由は、以前より高い赤子の死亡率を考えることがなくなったことだろう、経済発展や医療の進歩が死亡率を低下させた。そこで少なく産んで大事に育てる習慣が生じた。子どもは親戚や村人から祝福されて誕生し、産着や紅つき、絹肩つきの晴れ着の贈り合いが行なわれ、娘の初節句にはひな人形が、男の子には福禄寿、信玄の縁起ものの人形が飾られた。

江戸の武家社会でも嫡男に家禄を、家業を継がせ、次男三男には成熟した消費社会で生きていける力や技を身につけさせることを親は願った。また教育も武士階級はむろんのこと専門職が生まれた。町人でも手習い塾で「師匠」が生徒である「筆子」にイロハから国名を覚えさせる国尽など読み書きを教えた。

江戸の暮らしも大きく変わっていた。

芝口橋際の紙問屋久慈屋でも先代の昌右衛門が現役を退いて隠居し、五十六と名を変え、内儀のお楽とともに神谷町の隠居所に引っ越すことになった。

この日、望外川荘では小籐次と駿太郎がいつものようにクロスケとシロに見送られて仕事舟で隅田川へと漕ぎ出していった。だが、仕事ではない。大所帯の久慈屋に男衆や女衆の手は十分にあった。それでも、長年世話になった隠居夫婦の余生の暮らしのために少しでも手伝いたいと考えたのだった。

隠居所は愛宕権現社の西側、西久保通のある浄土宗光明山和合院天徳寺の南に接した土地だと聞いていた。五十六が五、六年も前から密かに探してきた隠居所は、芝口橋の店とそう離れているわけではない。このことを五十六が身内に打ち明けたのは最近のことだった。

　小籐次は、伊勢参りを無事に終えたあと、五十六からとあることを「告白」されていた。伊勢参りの旅には、五十六にとって人生のけじめとして知っておきたいある女性(にょしょう)とのかかわりが隠されていた。もはやその女性がこの世の人ではないと分ったあとに隠居所の話を小籐次は簡単に聞かされたのだ。むろんこのことを承知なのは小籐次と小籐次から聞かされたおりょうの二人だけだ。

　当代の昌右衛門とおやえの夫婦が隠居所を見たのは、長女のお浩(ひろ)が生まれた半月後のこととか。

「父上、久慈屋のご隠居の新しい家をご存じないのですか」

　稽古着姿の腰に孫六兼元(まごろくかねもと)を一本差した駿太郎が櫓を漕ぎながら尋ねた。稽古着は引越しの手伝いに便利なようにだ。

「知らぬな。ただし神谷町界隈はなんとなく察しがつく。愛宕山の西に面して閑静な寺領じゃと記憶しておる。五十六様が歳月をかけて決められた隠居所じゃ、きっと余生を過ごすのに打ってつけのところであろう」

　いかにも隠居所の土地は天徳寺寺領であり、そこに寺の馴染の寺社奉行が側室を住まわせるために借り受けて、小体な数寄屋造りの母屋に屋根付きの渡り廊下で結ばれた別棟を設えていた。別棟には風呂場と厠があり、男衆が住める部屋があった。寺に紙を長年納めていた関係で五十六に、

「どうです、隠居所に」

と寺から話があったという。かようなことは後に小籐次が知ったことだ。

「父上も隠居所が欲しいですか」

駿太郎が尋ねた。

「駿太郎、われらは望外川荘という贅沢な住まいをもっておるではないか。そなたが成人してな、嫁女をもらった折に、望外川荘の敷地に小さな離れ屋を建てて、おりょうと二人で移り住むかもしれんがな」

「駿太郎が嫁をもらうのは十年早うございます」

「となると、わしが身罷るのが先かのう。おりょうとそなたの嫁が仲よう暮らせるなれば、隠居所は要らぬな」

「父上の死も駿太郎の嫁話も早うございます」

「であろうかな」

父子が漫然とした問答をしている間に小舟は大川から内海に出て、いつしか築

地川に入っていた。

芝口橋際の久慈屋の船着き場では荷運び頭の喜多造が指揮をして五十六とお楽の箪笥、長持ちなどを荷船に積み込んでいた。

「おや、どうなされましたな、本日もうちで研ぎ仕事ですか。手代の国三が看板がわりの親子人形を店先に飾っておりましたがな、片付けさせますか」

喜多造が小舟の胴の間に座してきた小籐次に聞いた。

「本日はな、五十六様、お楽様の引っ越しの手伝いに参った。こちらには十分過ぎるほどの手があるのは承知じゃが、わしが市井の暮らしが出来たのも久慈屋どののお蔭じゃ、すまぬが手伝いの真似事をさせてくれぬか」

喜多造が、

「それはまた恐縮至極ですな」

と河岸道に立って問答を聞いていた大番頭の観右衛門を見た。

「天下の武人赤目小籐次様がうちのご隠居の引っ越しの手伝いにございますか。頭ではないが、恐縮千万ですな。でも、ご隠居もお楽様も涙を流して歓びましょうな」

と観右衛門が言い切った。

「ご隠居夫婦はうちの女衆と先に隠居所に入り、風を部屋に入れておりますよ。頭の船に積んだ荷が隠居所に落ち付けば、引っ越しは終わりです」

さすがに大所帯の紙問屋の久慈屋ならでは、手際がよかった。

「頭、荷は船でどこまで運びますな」

「虎御門先の葵坂まで船で乗り込み、そこで待たせてある大八車四台に移して、西久保通を八、九丁ほど登りおりすれば、天徳寺脇の隠居所に着きます。赤目様も駿太郎さんもこちらの荷船に乗っていかれませんか」

喜多造の言葉に駿太郎が研ぎ道具一式を小舟から引越し荷を積んだ船に載せ替えた。

「駿太郎さん、隠居所で仕事かえ」

「お頭、隠居所の包丁は新しいものでございますよね、父上と話して研ぎをかけておいたほうが使い勝手がよかろうと思い、研ぎ道具を持参しました」

「さすがに酔いどれ様の指導が行き届いておりやすね」

小籐次は小舟の船べりから荷船に乗り移った。

「大番頭どの、隠居所を見るのが楽しみじゃ」

「酔いどれ様、望外川荘ほど敷地は広くはないと聞いております」

「なに、大番頭さんも未だご存じないか」

「うちで承知なのはご隠居だけです、お楽様も今ごろ驚いておいででしょうな」

と観右衛門が答え、

「私も荷が片付いた頃合い、お邪魔しますでな」

と言った。

引越し船に駿太郎が軽々と飛び乗り、

「よし、もやい綱を外せ」

というところに橋の上から声が掛かった。

「おい、酔いどれ様よ、夜逃げじゃあるまいな」

声の主は読売屋の空蔵(そらぞう)だ。

「ばかもの！　もう朝じゃぞ、夜逃げであるものか。久慈屋の五十六様とお楽様が隠居所に引っ越すのじゃ」

「おい、ちょっと待ってくんな、喜多造の頭よ、おれも乗せてくれねえか。読売の小ネタになりそうだ」

と空蔵が橋から船着き場に下りようとした。

「空蔵さん、隠居所に読売屋が出入りしたんでは隠居所になりませんよ。あなたには隠居所は教えられません。こちらにおりなされ」

と大番頭がなんでもかんでも読売にしたがる空蔵を引き留めた。

「なんだい、久慈屋の隠居所がどこか、この空蔵に内緒か」

「極秘じゃな、空蔵さん」

と小籐次が手を振ると船は芝口橋の下へ潜り、上流へと漕ぎ上がっていった。溜池へと向かう堀の南側の坂道を葵坂という。葵坂の東口に四台の大八車が待機していて、荷船から長持ち、簞笥、夜具などが移されることになった。

「赤目様が引越し荷など運んでいるのを見られたんじゃ、御城のどなた様かに、久慈屋は天下の赤目小籐次を引越し手伝いさせたかと叱られそうですよね。赤目様、船で荷が下ろされるのを見張っていて下され」

と喜多造に言われて、小籐次は荷船の艫(とも)に腰を下ろした。一方、駿太郎は、腰から孫六兼元を抜くと、

「父上、刀をお預けします」

と小籐次に渡した。そして、手早く手ぬぐいで鉢巻をして荷下ろしを手伝い始めた。国三らと駿太郎は、喜多造の指揮のもと、紙運びに使う大八車にさっさと荷を積み込んで麻綱で大八車に固定した。

「よし、参りましょうか」

喜多造の声で、菅笠をかぶった小籐次が悠然と舫われた荷船から下りた。先導の大八車を喜多造ら三人が引き、駿太郎は二台目の大八車の後ろを押す役目を負った。

武家地の間をいく四台の大八車にそこはかとなく梅の香りが漂ってきた。西久保通は起伏があった。だが、天徳寺までは一本道だ。

喜多造の傍らを駿太郎の刀を手に歩く小籐次に、

「赤目様は隠居所のことを承知だったそうですね」

と喜多造が聞いた。

「伊勢参りを終えてすぐのことでな、五十六様は熟慮されて隠居所を設けられたようだが、わしが聞いたのは、ただ隠居所を終の棲家にするという事実だけだ。その他のことはなにも知らぬゆえ楽しみであるな」

「わっしが知ったのはつい最近のことですよ。先代の昌右衛門様は気性の慎重なお方でしたからな。それでもいささか驚きました」

小籐次に応じた喜多造が、

「登り坂に差し掛かるぞ、しっかりと腰を入れて大八を押し上げろ」

と奉公人に命じた。

そこへ褌一丁に汚い半纏を着た人足が数人姿を見せて、

「おい、大八の尻押しをさせてくんな」

と言いながら喜多造の顔を見て、

「なんだ、久慈屋の頭か。こりゃ、ダメだ。銭にならない」

と引き下がろうとした。

「待て、折角じゃ、尻押しをなせ。ただし丁寧にじゃぞ」

と小籐次が菅笠の下から顔を覗かせると、

「酔いどれ小籐次様の差配か、こりゃいよいよダメじゃ。銭にはならぬが、野郎どもしっかりと手伝え」

と人足の兄貴分が仲間に命じた。

「引っ越しがあるてんで待っていたが、久慈屋の大八に酔いどれ様がついていちゃ、こりゃダメだ。本日は三隣亡だぜ」

「そなたら、人助けは気持ちがよいものだぞ」

「酔いどれ様のようにさ、紙人形に二百両も賽銭が集まるのと違い、わっしらは何十文の稼ぎがふいになったんだ」

と兄貴分がぼやき続けた。

「まあ、坂上まで押し上げろ」

人足が加わったことで四台の大八車は坂道の上に素早く辿りついた、あとは緩やかな下り坂だ。

「ご苦労であったな」

と小籐次が兄貴分に一分を渡し、

「四人で分けよ」

と命じた。

「おお、さすがは天下の酔いどれ様だ。わっしらの懐具合を承知だよ、野郎ども、酔いどれ様にお礼を言え」

褌に半纏姿の人足たちが小籐次に合掌して感謝をした。

「おい、わしは未だ仏ではないぞ、手を合わせんでくれぬか」

「いや、江戸によ、酔いどれ様以上の神様仏様がいるとは思えねえ。何百両もの賽銭をあっさりと御救小屋に呉れてやったんだろうが。おれたちにとっちゃ、生神様だぜ」

と今度は柏手まで打って坂道の下へと姿を消した。

「なにやら世間が段々と狭くなる」

と小籐次がぼやくと、

「赤目様、もうそのことは諦めることだね。大きな声ではいえねえが、政がうまくいっていれば、赤目様の出番も少なくなるんだがね」

と喜多造が言い、

「下り坂だぞ、気をつけていけ」

と大八車の面々に注意した。

そのお蔭でなんなく天徳寺に接した寺領の神谷町の隠居所に到着した。

門は切妻柿ぶき屋根で木賊張りの開き戸と渋い造りだ。開き戸の奥に幅一間半の石畳が延びて、左右には庭石と雪見灯籠の間に小松と笹が植えられている。

「赤目様、ご隠居に挨拶していて下さいな、荷はわっしらが運び込みますからな」

と喜多造が言い、

「ならば年寄りは邪魔にならぬように奥に参ろうか」

六間ほどの石畳を抜けると、格子戸の玄関があった。その手前には枝折戸があって庭に入れるようになっていた。

小籐次が枝折戸から沓脱石のある縁側を覗くと、部屋越しに庭が見えて水の流れる音がした。ぐるりと敷地を廻りながら、敷地は三百坪ほどか、と推量した。

庭へ回った小籐次は思わず、

「おおー」

と感嘆の声を上げた。

天徳寺の境内越しに愛宕権現社の西向きの急崖が立ち塞がり、隠居所の借景になっていた。庭には小さな池があり、急崖から流れ出た水が敷地に入って高さ五尺ほどの二つの庭石の間から滝になって落ちていた。両石の傍らには紅梅白梅が花を咲かせ、枝が池に差し掛かっていた。

「おお、赤目様」

小籐次が庭の奥の景色に見とれていると、五十六が声をかけてきた。手に植木鋏をもっているところをみると、枝の伸びた松でも剪定していたか。

「隠居所の見物ですかな」

「いや、そうではない。引っ越しの手伝いをと駿太郎といっしょに店を訪ねたら、引越しの先導方の喜多造の頭に、年寄りは見ておれと言われてな、駿太郎だけが手伝いをしておる」

「それはそれは、なんとも恐縮ですな」

と五十六が応じて、小籐次に聞いた。

「どうですな、隠居所は」

「いや、寺町ゆえ閑静じゃな、それに愛宕権現の崖の岩が豪快にしてなかなか風情がある。五十六様、隠居所の話を聞かされたときには、正直これほどのものとは思わなかった、余生を送るのにこれ以上の場所があろうか」

ふっふっふふ
と満足な笑いを見せた五十六が、

「寺はお隣、なにがあっても便がよい」

「寺にご厄介になる前に二十年は、隠居所の暮らしを楽しみなされ」

と小籐次が答えたところに喜多造に差配された荷物が運び込まれ、お楽や隠居所に従ってきた男衆と女衆が、

「ああ、仏壇はこちらよ」

「簞笥は控えの間ですよ、お頭」

などと調度品や道具類の置き場所を指図する声がした。

「あとで案内しますがな、床の間付きの六畳間に仏間、それに控えの間の六畳の

三間が隠居夫婦の暮らしの場でございましてな」

「いくら分限者とは申せ、起きて半畳寝て一畳と言いますでな、隠居所がお城の白書院のように広々していては落ち着きますまい」

「赤目様、なにより芝口橋の店までゆっくりと歩いても半刻ですからな、孫の顔が恋しくなれば直ぐに行けます」

と五十六が本音をもらした。

「父上、なんともよい景色ですね」

と長持ちを運んできた駿太郎が小籐次に話しかけた。

「おお、望外川荘とは異なり、愛宕権現社の山が見どころじゃな。ここなれば野分が襲いきても山が防いでくれよう」

と小籐次が答えると、五十六が言った。

「駿太郎さん、年寄りの引っ越しを手伝わせましたな」

「いえ、喜多造さん方のお手伝いができて楽しかったです」

と応じる駿太郎に、

「駿太郎さん、まだ引越しは終わってはおらぬぞ」

と喜多造が叫び、

「はい、今いきます」

と駿太郎が庭を望む縁側から玄関へと飛んでいった。

「新兵衛長屋に赤子を連れて戻られた折は、男手一つで大丈夫かと思いましたが、もはや若侍の駿太郎さんですよ」

「光陰矢の如し、われらは老いるばかりですぞ、ご隠居」

と引っ越しの続く庭で小籐次と五十六の二人がのんびりと話し合っていた。

二

引っ越しの荷が落ち着くところに落ち着いたのが昼の刻限だ。

駿太郎は、使い勝手がよい台所の一角に持参した砥石を並べて、新居の真新しい包丁に丁寧に研ぎをかけた。むろん新品ゆえ研ぎの要はない。だが、

「新刃は、往々にして尖っているでな、下手に用いると怪我をすることもある。少し研ぎをかけたほうが、女衆が使うのによかろう」

との小籐次の言葉で駿太郎は大風呂敷に仕上砥を三種類携えてきて、出刃包丁、柳刃包丁などそれぞれに合わせて研ぎを入れた。

「一女さん、おいねさん、包丁を使ってみてくれませんか」

駿太郎が手入れを終えた包丁を隠居夫婦に従ってきた二人の女衆に差し出した。

一女は久慈屋に最近雇い入れられた通いの女衆でこの隠居所と芝口橋の中間にある新下谷町の裏店に住まいしていた。そこで久慈屋のお店奉公から隠居所勤めに変わったのだ。むろん通いであることはこれまでどおりだ。

おいねは十八歳でお楽に可愛がられているので、隠居所の住み込み奉公に変わった。隠居所にはその他に風呂焚きなどとして喜多造の下で荷運びをやっていた新造が住み込みで働くことになった。新造は四十の半ばで独り者、無口だが優し過ぎるほどの人柄だ。つまり隠居所には五十六、お楽の二人に奉公人が三人従うことになったのだ。

おいねが駿太郎の手入れした出刃包丁を手にして、

「駿太郎さん、刃と柄のあたりがいいわ。ありがとう」

と礼を述べた。

一女もおいねに代わって出刃包丁を手にして、竹籠に当座の野菜などを入れて運んできたなかから大根を取り出して、洗い立てのまな板の上でとんとんと心地よい音を響かせて試し切りし、

「新しい包丁に新しいまな板、なんだか昔を思い出すよ」

と言い、

「駿太郎さん、上出来上出来、ありがとうよ」

と褒めてくれた。

「おいねさんは今晩から隠居所に泊まり奉公ですね。大勢女衆がいて賑やかな久慈屋のお店奉公から静かな隠居所に来て寂しくはありませんか」

「わたし、在所者でしょ、町中よりこちらの静かなほうがいいわ。それに」

と言いかけて言葉を止めた。

「おいねさん、途中で言葉を止めてなんだね」

と一女が注文をつけた。

「一女さん、こちらでは三畳間をひとりで使っていいんです。わたし、大勢で大部屋に寝るより贅沢にひとり部屋を頂戴できるのが嬉しいんです」

と言った。

「そりゃ、ひとり部屋がいいよね。だけど、久慈屋の奥はおいねさんがいなくなって、困りはしないかね。二人のお子さんがいるんだよ」

「お浩さんはまだ乳飲み子です。内儀さんが大変かもしれません」

とおいねが答え、駿太郎はおいねが久慈屋の奥勤めをしていたか、と気付いた。

「どうだ、出来たか」

と小籐次が台所に姿を見せて、

「赤目様、駿太郎さんが上手に手を入れてくれました」

と一女が答え、小籐次が出刃包丁の刃に指先で触れて、

「おお、これなればそなたらも使い勝手がよかろう」

と駿太郎の仕事ぶりを認めた。

「こちらの品は父上からお願いします」

大風呂敷にいっしょに包まれてきた別の真新しい箱を差した。

「おお、それがあったな、忘れておったわ。ご隠居夫婦が気に入ってくれるとよいが」

と言いながら小籐次は白木の木箱を抱えて座敷へと戻っていった。

「お茶にしようかね」

一女がおいねといっしょに茶の仕度を始め、駿太郎は砥石を井戸端で洗って丁寧に水けを拭い、風呂敷に包み込んだ。

一方、小籐次が床の間付きの座敷に向かうと、五十六とお楽がなんとなく落ち

着かない顔で縁側から庭を眺めていた。

「喜多造さん方は店に戻られましたかな」

小籐次が門前から人の気配が消えているのを感じて尋ねた。

「戻りました。代わりに昌右衛門、おやえ夫婦と大番頭が隠居所を見物にくるようです」

「若夫婦もまだこの隠居所は知りませんか」

「見ておりませんな」

「うちの隠居はなんでも独りで事を決める悪い癖がございましてね、この隠居所があると知ったのは私もつい最近のことですよ。むろん隠居所を探していることは何年も前から推量はしておりましたがね」

とお楽が小籐次に言った。

「さようでしたか」

「赤目様は伊勢参りの後で聞かされたそうですね」

「お楽様、隠居所が用意してあるとは聞いておりましたが、それ以上は詳しく聞いておりませんでな、いや、本日、伺ってこれは五十六様が何年も前から思案して決断されたことがわかる立派な隠居所です。なんぞご不満がございますかな」

「長年連れ添っていますから、この程度の仕度はしていると思っていましたが、いやはやこれは男の眼で手を入れた隠居所ですよ」

お楽がいささか不満を述べた。

「おや、お楽、そなたはこの隠居所が不満ですか」

「不満とは申しませんが、台所などはわたしやおやえの考えを聞いて欲しゅうございました」

とお楽がこのときとばかり言った。

「ふん、なにやら不穏なことになったな。ところで赤目様が抱えておいでの箱はなんですな」

矛先が向けられた五十六が急いで話柄を変えた。

「おりょうからの預かり物です。まあ、引っ越し祝いと申しますか、おりょうはご隠居夫婦が気に入ってくれるだろうかと案じておりました」

「なんでございましょうな」

小籐次はなにも飾られていない床の間にちらりと視線を向けて、長さ二尺五寸ほどの白木の蓋を披(ひら)いた。すると柔らかな紙に包まれた巻物が姿を見せた。

「ほう、掛軸ですかな」

「いかにもさよう。おりょうが五十六様の隠居所の床の間にかける掛軸の絵を描いて表装させたものです」

「な、なんですと、師匠自らがお描きになられた掛け軸ですと。これは魂消ましたぞ」

と五十六が身を乗り出してきた。おりょうを師匠と呼ぶのは五十六がおりょうの主宰する和歌の集い、芽柳派に入門していたからだ。

「どうぞおりょうの気持ちを受け取って下され」

小籐次が五十六に差し出し、隠居所の主が両手で捧げ持って受け取った。そして、包まれた紙を丁寧に解くと新しい表装の掛け軸が姿を見せた。

「どのような絵でございましょうな」

と言いながら五十六が掛け軸の巻緒を解き、三人の前に広げていった。

「おおー」

と五十六が驚きの声を上げ、

「まあ、きれいなこと」

とお楽も歓声を洩らした。

小籐次は初めて見る絵と、絵に添えられたおりょうの俳句を凝視した。

横長の絵には紅白の老梅の下で花を眺める翁と嫗がいた。そしてその傍らに、

「春立つや　翁おうなの　余生かな」

とあった。

五十六は黙って絵と五七五に見入っていた。

ふうっ
と大きな息を吐いた五十六が、

「おりょう様もご一緒にお見えになるとようございましたのに」

と呟いた。

「本日は引越しでござれば駿太郎と二人で参りました。この次は必ずおりょうを伴います」

「おりょう様はどうしてわが隠居所に紅梅白梅があるとお分かりになりましたかな」

と首を捻ったが小籐次にも答えられなかった。

五十六が立ち上がって床の間におりょうの描いた掛け軸を掛けた。

隠居所は新築ではない。寺地にあった屋敷に五十六が密かに大工の棟梁や左官を入れて傷んだところに手を入れたものだ。床の間もこれまで使われていたから、

直ぐに掛け軸が掛けられた。

五十六が丁寧に傾きを直して、床の間から離れて見入った。

「隠居所に春が到来致しましたな」

「おまえ様、おりょう様の絵が掛かり、わたしはこの隠居所に初めて親しみがわきました」

お楽が得心したように呟いた。

「五十六どの、隠居所に名はございますかな」

「いえ、まだそこまでは考えておりませんでした。須崎村は望外川荘でしたな、あちらはすべてが大きいでな、あの名に相応しゅうございます。こちらは小体な隠居所です。どうしたもので」

と思案した。

「おまえ様、おりょう様の五七五をお借りなされ」

「なに、あの俳句のどこを借りるのですかな」

「春立つや、をお借りした春立庵ではいかがですか」

「おう、お楽様、なかなか宜しい隠居所の名ではございませんか」

小籐次がいうところに駿太郎が盆に饅頭を載せ、おいねが茶を運んできた。最後に一女が角樽と茶碗を下げて座敷に姿を見せた。

「酔いどれ様には、お茶より酒じゃと思いましたが、未だ台所の器に盃が紛れて見つけきれませんでした」

と一女が言い訳した。

「ご隠居、わしだけご酒を頂戴致すか」

「天下の酔いどれ様にはやはり茶に饅頭より似合いましょう」

と五十六が言い、角樽の栓を開けて自ら小籐次に茶碗をもたせて注いだ。

「ご隠居の酌とは恐縮至極じゃな」

と小籐次は茶碗酒を受けた。

「父上、この掛軸は母上が描かれたものですか」

と駿太郎が聞いた。

「おお、そうじゃ。わしはおりょうがかような絵を描いておるのも表装をさせたのも知らなかった」

「母上がお鈴さんといっしょに浅草広小路のお店に行き、頼まれたものです」

「わしだけが知らなかったか」

「父上、私も絵を見せてもらえませんでした。初めてみます」

「どうですね、駿太郎さん、母上の絵は」

とお楽が茶碗を手に尋ねた。

「段々と絵が上手になっていかれます。この掛軸の二人はご隠居様とお内儀様ですよね」

「いかにもさよう、おりょう様はこの隠居所を承知でもあるかのように絵を描かれました。それに俳句まで添えられて」

駿太郎が掛軸の五七五に視線を預けながら、

「春立つや、ですよね。その先の字はどうよみますか」

「翁（おきな）ですよ、つまりこの隠居の五十六です。おうなは媼と書きますがな、おりょう様は、お楽のほうをひらがなにして、句が固くなるのを避けられたかと思います」

と五十六が駿太郎に畳に字を書きながら教えた。

「春立つや　翁おうなの　余生かな。余生とは、年寄りということですか」

「駿太郎、年寄りなどといえば身も蓋もなかろう。余生とは、五十六様やわしのように最後に残されたわずかな晩年の歳月を差す言葉よ」

と小籐次が五十六の説明に付け加えて、手の茶碗酒を啜った。

「春立つや　翁おうなの　余生かな、ですね、母上はなかなか上手ですね」

「駿太郎、おりょうは歌人じゃぞ、和歌の親類のような俳句を詠むのは朝めし前であろう。句として上手かどうか、わしには判断できぬ。じゃが、絵の中で五十六どのとお楽さんの二人が仲よく庭に立ち、あちらの紅梅白梅を眺めているようではないか」

と庭の滝の傍らの本物の紅梅白梅を示した。

「はい、いかにもさようです」

と駿太郎が答え、

「その上、おりょう様の五七五の春立つやをとって、隠居所の名を春立庵とわたしがつけましたよ」

とお楽が言ったとき、玄関に人の気配がして当代の昌右衛門、おやえ夫婦が二人の子どもの正一郎とお浩を伴い、それに大番頭の観右衛門まで隠居所見物にやってきて急に賑やかになった。

「お父つぁん、この隠居所、春立庵というの」

お楽の声が玄関にも聞こえたか、娘が母親に質した。

「おやえ、わたしが思い付いたのよ。おりょう様の描いた掛軸に添えられた五七五からね」

とお楽が自慢げに応じた。

新しい訪問者たちが掛軸に目をやった。

台所でも人の気配がして久慈屋の女衆が来たようで直ぐに一女が向かい、おいねがおやえの腕から赤子のお浩を抱きとった。

「お父つぁん、この掛軸があるとないとでは全くこの隠居所の景色が変わるわ。座敷に春を迎えて梅の香りが漂うようよ」

「おりょう様はこの隠居所をまるで承知のように絵を描かれ、俳句を詠まれましたね」

と昌右衛門が改めて感嘆した。そして、

「赤目様、素晴らしい引越祝い、ありがとうございました」

と礼を述べた。

「昌右衛門さんや、わしはなにも知らずにただ駿太郎に持たせてきただけでな、こちらで初めてお目にかかったのだ」

と小籐次は正直に告白した。

「そこが酔いどれ様らしゅうて、実にようございますな」

と大番頭の観右衛門が床の間の掛軸から庭の滝の傍らの本物の紅梅白梅に視線を移して言った。

賑やかな引越祝いが春立庵で始まる気配だった。

七つ半（午後五時）の刻限、小籐次と駿太郎は芝口橋の久慈屋の船着き場から喜多造や国三に見送られて築地川へと小舟を向けた。

「父上、五十六様とお楽様はよい余生を春立庵で過ごされますね」

「そういうことだ。だが、久慈屋の奥は寂しくなるな」

「私の足ならば半刻（一時間）で店と隠居所を往来できます」

「片道四半刻（三十分）か、よきところに隠居所を設けられた。これで本式な八代目昌右衛門どのの代を迎えられた」

「代がわりですね」

「ああ、そういうことだ」

駿太郎は櫓を漕ぎながら引越し祝いの酒にほろ酔いの父を見て、

（智永(ちえい)も予定を早めて安房館山の本山に再修行に出ていったな）

とその日のことを思い出していた。あの顔付きは、もはや失敗は繰り返さないと決意した表情だった。

「父上、なにを考えておられます」

「うむ、なにも考えてはおらぬな。強いていえばおりょうはわしには過ぎた女房と思っておったかのう」

その返答に微笑んだ駿太郎が、

「母上の『鼠草紙』はほぼ完成しております」

「おお、そうか。気付かなかった」

「母上は、身内にも内緒にして描いてこられましたから」

「お鈴はときに見ておろう」

小籐次の問いに頷いた駿太郎が、

「父上、お鈴さんが望外川荘にいる理由がなくなります」

「どこかに奉公先を探すか、それとも」

「父上、奉公先はすでにございましょう」

「なに、おりょうとお鈴はもはや決めておるか」

「いえ、二人はこの話を知りません」

「では、なんだな」

内海に出た小舟が揺れた。だが、駿太郎は慣れた手つきで漕ぎながら、思い付きを告げた。

「ほう、その手があったか」

と小籐次が感嘆し、おりょうとお鈴に相談してみよ、と駿太郎に命じた。

三

数日後のことだ。

赤目駿太郎がアサリ河岸の鏡心明智流士学館桃井道場に仮入門して半月が過ぎた。駿太郎にとって多くの同世代と付き合う初めての機会であった。

駿太郎の養父は赤目小籐次であり、養母は歌人のおりょうだ。

父から来島水軍流の剣術、研ぎ技、舟の漕ぎ方を習い、母のりょうからは読み書きを教え込まれた。むろん二人は実父、実母ではない。血のつながらない身内三人の絆は実父須藤平八郎実母小出英の生地、丹波篠山を訪ねて強固なものとなった。

桃井道場に通うことになったのは、小籐次やおりょうから一種の英才教育を受けたがゆえに、同世代の朋輩との付き合いがないことを小籐次が案じたためだ。

そこで町奉行所の与力・同心の子弟が多く通う桃井道場に南町奉行所定廻り同心近藤精兵衛(こんどうせいべえ)の口利きで親子は訪れ、桃井道場の雰囲気を自ら見聞した駿太郎は仮入門を決めたのだ。

十三歳にして背丈も五尺八寸を超え、父親に鍛え上げられた来島水軍流の技量は、並みの青年武士のそれを超えていた。それでも駿太郎が桃井道場に通う決心をなしたのは、父の考えをわかっていたからだ。

大人との付き合いしかない駿太郎に、

「並みの十三、四歳」

がどのようなことに関心や欲望を寄せ、どんなことを考えているか、知るべきだとの父の願いを受け入れたのだ。

駿太郎の剣術の技量は、南北奉行所で五指に入ると評された見習与力岩代壮吾(いわしろそうご)とほぼ同格であった。

岩代壮吾は、駿太郎と竹刀を初めて交した時から、江戸で武名の高い赤目小籐次が、嫡子を桃井道場に通わせようとした理由を承知していた。そこで弟祥次郎(しょうじろう)らの年少組に駿太郎を入れ、付き合いの機会を設けてやった。

当然、弟らの年少組と剣術の力量は違った。

壮吾が見ていると、駿太郎は弟らに剣術の基から教えながら、世間のあれこれを聞いているようだった。

この日、半刻ほど駿太郎が朋輩と竹刀を交え、無言ながら構えや動き、防御の方法や攻め方を教えた。言葉にして教えないのは桃井道場には道場主も師範もいるから遠慮したのだ。

駿太郎にとって遊びのように時が過ぎたとき、壮吾から稽古相手にと駿太郎は願われた。もはや壮吾と駿太郎の打ち合いはアサリ河岸の桃井道場の名物になっていた。

壮吾は十年余の経験においてすでに技を確立していた。

一方駿太郎は十三歳ゆえ剣術の打ち合い稽古の経験は壮吾よりはるかに少なかったが、駿太郎がすでに真剣勝負を、修羅場を潜った経験があることを壮吾は察していた。

駿太郎が道場にくる折は必ず半刻から一刻（二時間）、年齢差がある二人が死力を尽くして稽古を繰り返した。

壮吾は、一郎太や代五郎より剣術の才と技量を有していた。故に駿太郎は、力を出し切って壮烈な打ち合い稽古をなした。この日もおよそ半刻の稽古が終わると両者ともにへとへとに疲れ切っていた。

そんな様子を年少組の面々が見ていた。

「駿ちゃん、頑張ったな。兄もたじたじであったぞ」

「いえ、祥次郎さん、兄上が手加減してくれたからこうして立っていられるのです」

と駿太郎が応じた。その言葉を聞いた壮吾が、

「祥次郎、本気にするな、兄も駿太郎さん相手には力のかぎりを出し尽くしておる。反対にひょっとしたら駿太郎さんは未だおれを相手に本気を出してないのかもしれん」

と言った。

「そんなことはありませんよ、壮吾さん」

駿太郎が兄弟の会話に入って即答した。すると、壮吾が首を横に振り、

「確かに力はすべて出しておるように見うけられる。だがな、駿太郎さんにはなにか秘められた技があるようでな、それがしも最後の一歩の踏込みを迷うことがある」

と言い切った。そして、それは修羅場を潜った者と道場稽古しか経験していない自分との差だと思っていた。だが、壮吾がそのことを弟らの前で口にすることはなかった。

「駿ちゃん、昨日言ったことだけどさ、親父の酔いどれ様がどういったよ」

祥次郎が駿太郎に質した。

「父上はお許しになりました」

駿太郎が返事をして、

「おっ、やった」

と祥次郎が応じた。壮吾が、

「祥次郎、駿太郎さんになにをさせる気だ」

と質した。

「兄上、八丁堀界隈を駿太郎さんに案内するだけだよ」

ふーん、と鼻で返事をした壮吾が、

「八丁堀は町奉行の与力や同心の屋敷ばかりで面白くもあるまい」

と答えながら年少組最年長の木津留吉に視線をやった。すると壮吾に見られた留吉は知らぬふりで視線を外した。

木津留吉は、駿太郎が桃井道場で最初に立ち合った木津弥太郎の従弟だ。従兄の弥太郎が全く駿太郎に歯が立たなかったのを見て、駿太郎に好感をもっていなかった。というより明らかに毛嫌いしているのが駿太郎にも分かった。それは年少組の稽古で駿太郎と一度も竹刀を交えていないことでも分かった。が、駿太郎は素知らぬ振りをしていた。

さりながら年少組の最年長であるかぎり、道場のなかでは付き合わざるを得なかった。

年少組は木津留吉を頭に清水由之助、森尾繁次郎、吉水吉三郎、園村嘉一、それに岩代祥次郎の六人だ。歳は留吉が十五歳、十四歳が由之助、繁次郎の二人、駿太郎と同じ十三歳が吉三郎、嘉一、祥次郎の三人だ。壮吾は、

「祥次郎、どこへなりとも駿太郎さんを案内していい。ただしそなたらは町奉行所の与力・同心の家系だということを忘れるな」

と忠告した。

「大丈夫だよ、おれたち、八丁堀を出ないからさ」

という弟の返答を聞いて、兄の壮吾は留吉がなんぞ企んでいるのではないかと察した。だが、駿太郎が同輩の者と付き合うのを赤目小籐次が望んでいると壮吾

は知っていたから、それ以上のことは口にしなかった。それに駿太郎には並みの武士以上の力と知恵が備わっていると思った。

「駿ちゃん、井戸端に行ってさ、体を水で拭ってさ、稽古着を脱ぎな。おれたち、道場の門前で待っているからさ」

と言い残して祥次郎は仲間のところへ走り戻った。

「壮吾さん、なにかご注意がございますか」

「駿太郎さん、どこへ弟たちが連れていくか知らぬが、そなたがいれば、あやつらも無茶はしまい。まあ、楽しんできなされ」

と駿太郎に答えた。

駿太郎は桃井道場の井戸端で汗を濡れた手拭いで清めて、ふだん着に替えて道場の門前に出ていった。

「お待たせしました」

「おお、先輩を随分待たせたな」

同心の三男坊の木津留吉が嫌みな表情で駿太郎を迎えたので、

「申し訳ございません、木津さん」

と素直に詫びた。

「留吉さん、駿太郎さんがおれの兄貴と稽古をしていたのは知っているだろう。ちょっと待たされたくらいで文句をいうなよ」

祥次郎が反論した。

歳は祥次郎と留吉、二歳違いだが、岩代家は与力、木津家は同心の身分だ。

「そんなことは承知だ、祥次郎。だけどよ、おまえの兄貴の壮吾さんとお喋りしておれたちを待たせたんじゃないか」

「留吉さんよ、壮吾さんとあの稽古をして終わってからお互いに技のことを話し合うのは当然だろうが。駿太郎さんも詫びたんだ、それ以上のことを言いっこなしにしてくれよ。留吉さんはこの一年、年少組の頭だが、おれたち、道場では駿太郎さんに習うことばかりだぜ。今日はさ、駿太郎さんの知らない八丁堀を気持ちよく案内しようじゃないか」

と次の年の年少組頭分になる森尾繁次郎が留吉に忠言した。

「八丁堀なんておれたちになにが面白いよ。与力・同心屋敷なんてまっぴらごめんだ」

と三十間堀の堀端で留吉が言い放った。

「じゃ、どこへ行くのよ」

と園村嘉一が留吉に尋ねた。

しばし沈黙していた留吉が、

「おれに黙ってついてこい」

と言って、さっさと歩き出した。

致し方なく頭分の留吉に六人は従った。

着いた先は、大番屋のある南茅場町の北側だ。

「おお、大番屋の見物か、だけどおれたちまだ見習でもないよ。大番屋に入れてくれるかな」

と十三歳の吉水吉三郎が言った。

「吉、おれたちのなかで、町奉行所の役人になると決まっているのはだれ一人おるまい。大番屋なんぞ見てどうするんだよ。おれに黙って従え」

留吉は大番屋を横目に日本橋川の河岸道に出ると、鎧(よろい)ノ渡し場に向かった。

与力・同心と身分の違いこそあれ、嫡男はだれ一人としていない。よほど運に恵まれて婿養子の口でもなければ、町奉行所の役人になれる保証は全くないのだ。

駿太郎は胸のなかで父の小籐次の、

「屋敷奉公より長屋暮らしがどれほど気楽か」

という口癖を思い出していた。浪々の身ゆえ、老中青山忠裕とも付き合い、その上、赤目親子は城中に呼ばれて公方様の前で、「紙吹雪の花火」の芸まで披露したのだ。さらに過日には望外川荘に御鷹狩りの帰路の家斉一行を迎えた。さようなことは町奉行所の役人の部屋住みには夢想もできないと駿太郎は思った。

「小網町に渡ってなにがあるよ、魚市場か」

と吉三郎が尋ねた。

「吉、おまえ、バカか。魚臭い魚河岸になにしにいくよ。黙ってついてきな」

留吉がきつい言葉を返した。

木津留吉が三男坊ということを駿太郎は承知していた。嫡男は父親の跡を継いで北町奉行所の同心になることは、まず決まりだろうが次男三男は部屋住みののち、八丁堀を出ていかなければならなかった。そんな行末への不安が留吉に居丈高な言動をさせている、と駿太郎は漠然と考えていた。

渡し舟が対岸の小網町から着いた。

「船頭、われらは八丁堀の者だ」

と言い放った留吉が未だ下りる客がいるにも拘わらずさっさと渡し舟に乗り込んだ。武士は確かに渡し舟の舟賃無用と決まっていた。

駿太郎も渡し舟を利用したことはある。

この正月、お鈴と竹屋ノ渡しに乗ったときもそうであった。

その折は船頭になにがしか酒代を渡した。

「おまえら、なにをしておる。早く乗らぬか」

舳先に座した留吉が六人に命じた。駿太郎らは対岸の小網町から乗ってきた客が下り、こちらがわで待っていた客が乗り込むのを確かめて渡し舟に乗った。

留吉は脇差を一本差しにして、どこへ隠し持っていたか腰差しの煙草入れから煙管を出して雁首に刻みをつめて、ぷかりぷかりと吸っていた。船頭から火を借りたのか。

「留吉さん、煙草を吸うのか」

と岩代祥次郎が驚きの顔で尋ねた。

「もうおりゃ、お前ら年少組の面倒を見るのはうんざりだ、いいか、つき合うのは今日が最後と思え」

と木津留吉がいった。

道場を出て以来、留吉の言葉使いが乱暴になっていた。

駿太郎は乗り合い舟の船べりに座っていたが森尾繁次郎が駿太郎に小声で囁い

た。

「留吉め、どうやら八丁堀の屋敷を追い出されて、どこぞへ奉公に出されるな。それで荒れているんだ」

と言った。

駿太郎は思いがけない言葉に驚いた。二人だけの会話だった。繁次郎が話柄を変えた。二人の問答に留吉を除いたみんなが加わろうとしたからだ。

「駿太郎さんには思いもつかないよな。だって親父は天下の赤目小籐次様、研ぎ仕事で何百両も儲けるんだもんな、金に苦労したことなどあるまい」

客を乗せた乗り合い舟は、対岸の小網町へと向かって竿をつかい、流れを横切り始めていた。

「繁次郎さん、研ぎ代は包丁一本研いで四十文ほどです。わたしは未だその半分の値段で研いでいます」

「駿太郎さんよ、そんな稼ぎでどうしたら何百両も御救小屋に寄進できるんだよ、おかしいじゃないか」

繁次郎の言葉を耳にした園村嘉一が、

「読売が大げさに書き立てたんだよね」

と駿太郎に尋ねた。すると繁次郎が、

「いや、違うぞ、嘉一。だって親父から確かに酔いどれ小籐次が六百両の大金を町奉行所に寄進したと聞いたぞ。それに去年の秋にも芝口橋の久慈屋の前に置かれていた酔いどれ小籐次と駿太郎さんの人形に二百両の賽銭が上げられたんだってな、それも御救小屋に差し出したんだろ。駿太郎さんの家はやっぱり大金持ちなんだろう」

と駿太郎に代わって答えた。

かような話は道場ではできない話だ。

「繁次郎さん、うちが大金持ちであるはずはありません。父上が研ぎをしたり、母上がお弟子に和歌を教えてなにがしか手習い料を頂戴して暮らしを立てています。二百両は父上に上げられたお賽銭が溜まったもので、われらの稼ぎではないと父上が町奉行所に寄進しました」

ふーん、と繁次郎は得心ができないといった顔で首を捻った。

「駿ちゃん、酔いどれ様と母上は実の父親と母親じゃないんだよな」

と駿太郎と同じ十三歳の吉三郎が聞いた。

「違います。でも、私は物心ついた折から父上は赤目小籐次と思って、紙問屋の家作の裏店で大きくなりました」

「おれ、芝口橋でさ、駿ちゃんが研ぎ仕事をしているところも見たぞ。いいよな、研ぎが出来ればお店奉公なんて出されなくてすむもんな」

と三男の吉三郎が応じたが、未だ切迫感は感じられなかった。

「吉三郎さんは町奉行所の役人になれませんか」

「おれの上に二人も兄貴がいるんだぞ。上はもう見習同心として奉行所に出ているけどよ、次男の松之助とおれは、留吉さんと同じように父上の知り合いのお店かなんかに奉公に出されるな」

とどこか諦め顔で言った。

船べりでこんこんと煙管の雁首を叩いて灰を落とした留吉が、駿太郎らの話を聞いていたらしく、

「おれたちはいくら道場で剣術の稽古をしても、刀を捨てて行く先はお店奉公だからな、天下の酔いどれ小籐次の倅(せがれ)は能天気で気が楽だよな」

と駿太郎に嫌みを言った。その傍らにはなにが入っているのか、風呂敷包があった。

渡し舟は日本橋川の中ほどに差し掛かっていた。

駿太郎は留吉の言葉にはなにも答えなかった。すると、

「おい、駿太郎、おまえいくら小遣い銭を懐に持っているよ」

「留吉さん、駿太郎さんの懐具合を聞いてどうするんだ」

「おれたち、七人の銭合わせても百文ぽっちだろ。蕎麦だって満足に食えないよな」

と留吉が言ったとき、渡し舟が小網町の船着き場に着いた。

舳先から留吉が真っ先に船着き場に飛び下りた。若い助（すけ）船頭が、

ちぇっ

と舌打ちした。そして、

「八丁堀の餓鬼どもめ、役人の子だと思って威張ってやがる」

と呟いた。まだ舟にいた繁次郎らは助船頭の言葉は耳に届いたが、聞こえないふりをしていた。最後に舟を下りた駿太郎が、

「ありがとう」

と礼を述べると助船頭が驚きの顔で駿太郎を見て、

「あれ、酔いどれ様の倅か」

駿太郎の顔を承知か言った。

「はい。一月前からアサリ河岸の桃井道場に稽古に通っています」

「だってよ、親父様は天下の武芸者じゃないか、なにも町奉行所の部屋住みが稽古にいく桃井道場なんて入門しなくてもいいじゃないか」

「いろいろ事情があるんです」

と小声で応じた駿太郎は、

「ごめんなさい、舟賃も払わずに」

と詫びて船着き場に最後に飛び下りた。

留吉は小網町の河岸道を魚河岸のほうへ歩いていた。

四

「留吉さん、どこへおれたちを連れていくんだ」

と不安げな顔で園村嘉一が言った。同じ十三歳でも駿太郎とは八寸近く背丈に差があって、年少組のなかでも一番小さかった。ひょろりと背が高い留吉は風呂敷包を手にずんずんと歩いていく。

「あいつ、ここんところ荒れているからな」

繁次郎がぽつりと洩らした。

「どうしてだろう」

と祥次郎が尋ねた。

繁次郎が独り先に進む留吉との差を見て、

「おまえら、内緒にできるか」

と一同に糺(ただ)した。

駿太郎は最前の話の続きだなと思った。

「祥ちゃん、できるよな」

と嘉一が同じ齢の祥次郎に同意を求め、祥次郎が頷いた。

「あいつ、近々真綿問屋の摂津屋与兵衛(せっつやよへえ)方に小僧奉公に出されるんだよ」

「摂津屋って岩倉町のか」

と嘉一が繁次郎に聞いた。

うん、と頷いた繁次郎がふいに黙り込んだ。

堀留の入口に架かる思案橋の前で足を止めた留吉が駿太郎らを待ち受けていたからだ。その留吉が黙って駿太郎に手を差し出した。

駿太郎は差し出された手を見た。なぜ手が差し出されたか、分からなかったからだ。

「留吉さん、なんですか」

「決まっているだろうが。おまえが懐にいれている巾着を出せといっているんだよ。おれが預かっておく」

と留吉が言った。

「私の巾着をあずかるのですか」

「おお、おれが今日は道案内をするんだ。みんなの銭を預かって支払いは頭のおれがしてやろうというんだよ」

「留吉さん、それはよくないぞ。みんな持っている銭だってばらばらで違うだろう。買いたいものがある折にそれぞれが懐具合と相談しながら出せばいい」

十四歳の清水由之助が言った。

「そうだよ、留吉さん」

祥次郎も由之助に加勢したが、

「どうせ、おまえらの懐には大した銭は入っているまい。駿太郎、おまえの巾着を預かろう」

留吉が駿太郎に絡むように言った。背丈は駿太郎より高く六尺近くあったが、ひょろりとして、鍛えられた体付きではなかった。

「母上が巾着をもたせてくれました。だからなにがしか銭は持っています。私もみんなといっしょにその折に支払いをします」

　駿太郎が丁重に断わった。

　望外川荘を出る折、おりょうが一朱と銭を八十文ばかり入れた巾着をもたせてくれるのは桃井道場に通うようになってからの習わしだった。

「新入り、年少組の頭のいうことが聞けないか」

「木津留吉さん、銭を払う必要があれば私の判断でそうさせてもらいます」

　駿太郎の返事はきっぱりしていた。その返事に繁次郎らが同意して頷いた。

　留吉は駿太郎の剣術の技量をとくと承知していた。腕で敵うわけもない。

「ちくしょう」

　と罵り声を揚げた留吉がさっと独り歩き出して、路地に姿を消した。

「留吉さん、おれたちを残してどこへ行くんだよ」

　清水由之助が呟いた。

「どうしよう」

　祥次郎が皆に尋ねた。すると不意に留吉が消えた路地から町方同心が姿を見せた。格子縞の着流しに巻羽織、わざわざ見えるように前帯に十手を挟んでいた。

「と、留吉、さんだ」

と祥次郎が驚きの声を上げた。

羽織の後ろに風呂敷包をくりつけた木津留吉だった。

繁次郎ら六人が歩み寄ると留吉が得意げにくるりと回ってみせた。

十五歳にしては長身でいかつい顔の留吉は見習同心に見えないことはない。見習同心の兄木津勇太郎の羽織と十手を密かに持ち出してきたのであろうか。風呂敷に包まれていたのはこれだったのか、と六人は得心した。

「留吉さん、親父さんに断ってきたのか、その形(なり)」

年少組の次の頭分に決まっている繁次郎が留吉にただした。

「なにを親父に断るというんだ」

「留吉さんは見習同心ではないぞ。長兄の勇太郎さんが見習同心ではないか」

「それがどうしたというのだ、繁次郎。八丁堀に生まれ育った代々の同心の家系だ。一度くらいこの恰好をしても悪くはあるまい」

「どうするんだよ、その形で」

「繁次郎、おまえ、同心の形がそれほど珍しいか」

「とくと承知だよ。だけど、留吉、おまえが巻羽織してこれみよがしに前帯に十手を挟み込むなんて許されないぞ」

ともはや与力の次男の繁次郎は同心の三男の留吉を呼び捨てにして糾した。

「うるせえ、年少組の頭分は未だおれだぞ、繁次郎」

と言い返した留吉が、さっさと歩き出した。

繁次郎らは言葉を失って茫然自失していたが、

「留吉を一人にするとなにをしでかすか分からないぞ。おれたちも従おう」

と繁次郎が言い、留吉のあとを六人が追うことになった。

「留吉さん、荒れているな。小僧奉公が嫌なんだ」

園村嘉一が一同を代弁していった。

「だが、留吉を一人にしてあの形で厄介ごとを起こすと木津の家が潰れかねないぞ」

繁次郎が険しい声音で言った。

町奉行所の同心は一年かぎりの職務だ。大過なく御用を勤めれば、師走に上役の与力に呼ばれて、

「長年申し付ける」

と言葉を受け、また一年町方同心を引き続き務めることになる。だが、不祥事を起こしたとなると、代々の「世襲」は引き継がれず、当然八丁堀の屋敷も引き払わざるをえない。

木津留吉は足を蹴り出すように歩く同心歩きで、堀留にかかる親父橋の東詰から堀江六軒町、土地の人が単に葭町、あるいは二丁町と呼ぶ芝居町に入っていった。元吉原に続く二丁町は江戸で一日千両の稼ぎを誇る、魚河岸、官許の遊里新吉原と並ぶ繁華な町並みだ。

芝居小屋の公許の印である櫓が誇らしげに建つ中村座と市村座があり、辺りには芝居小屋に関わる芝居茶屋、料理茶屋、水茶屋などが櫛比しており、芝居が催されているせいで賑やかな人込みだった。

「おい、留吉さんはどうする気だ」

「芝居見物に入るんじゃないか」

官許の芝居小屋の入場料はおよそ二十五匁、金に直すと二分近くもする料金だ。

「おれたちの持ち金をすべて合わせても一人すら入れまい」

と繁次郎が言った。

留吉はまず紋の角切銀杏が染め出された櫓幕のかかる堺町の中村座の木戸に行

き、十手を見せながら何事か交渉していたが、木戸番は留吉の面構えと形で判断したか、相手にしなかった。

その模様を繁次郎たちは人混みの陰から見ていた。

留吉は意外とあっさりと引き下がり、こんどは葺屋町の市村座に向かう様子を見せた。

「どうしよう」

繁次郎が困惑の体で聞いてきた。

「私がお節介してよいですか、繁次郎さん」

「どうしようというのです、駿太郎さん」

「木戸番に留吉さんがなにを願ったか聞いてきます」

「駿太郎さん、留吉だって追い返されたんだよ、大丈夫かな」

「ともかく留吉さんがなにをしたいか知るのがまず大事でしょう」

と言い残した駿太郎はついさっき留吉と話していた木戸番の前に立った。

「なんです、若様。芝居見物にしてはいささか齢が若うございますね」

と木戸番がまた妙なやつがきたかと思ったか問い返した。

「私は赤目駿太郎と申します。一つお尋ねしたい儀がございます」

「なんですね、ばか丁寧に」

と応じた木戸番が不意に、あっ、と驚きの声をもらし、

「赤目様と申されましたかえ、もしやして赤目小籐次様の」

「倅にございます」

「おお、親父様は五代目立女形岩井半四郎丈と市村座の舞台で共演されましたな」

「はい、私がまだ幼い折の話です」

「思い出したぜ、おっ母さんは歌人のおりょう様、親父は一首千両の酔いどれ様だ。で、駿太郎さん、なにが知りたいので」

「最前、こちらで町方同心の形をした者と話しておられましたね。留吉さんは、いや、あの者はなにをそなたに願ったのですか」

「駿太郎さん、ありゃ、偽同心だよ。おれたちを木戸銭なしのただで桟敷に入れろって掛け合いでね。直ぐに偽同心と分かりましたから、うちに出入の同心を呼ぶぜ、と答えたら、あいつ、慌てて市村座のほうに行きやがった。市村座にはね、うちと違い、腕利きの男衆がおりますからね、芝居小屋の裏手に連れていかれて、殴る蹴るの上に堀に投げ込まれておわりでしょうな」

と言った。

「ありがとう、助かりました」

「ところであいつは若様の仲間ですか」

「剣術仲間なんです」

「あいつとの付き合いはよくありませんぜ。酔いどれ様の若様ならばいくらでも桟敷をお取りしますよ、なあに木戸銭なんて要りません」

と木戸番が言った。

「助かりました。市村座に行ってみます」

「駿太郎さん、市村座で面倒が起きるようならば、わっしの、中村座の木戸番の隆五郎の名を出しなされ。もっともわっしの名より親父様の武名のほうが御利益ありそうだ」

と言い添えた。

礼を述べた駿太郎は繁次郎らのところに走り戻り、木戸番隆五郎から聞いた話を告げた。

「なに、留吉さんは十手にものをいわせて芝居小屋にただで入ろうとしたのか。町奉行所に知られたらまずいぞ」

と繁次郎が言い、

「止めなきゃあ、木津の家がつぶれるぞ」

と由之助が言った。

「市村座に急ぎましょう」

「よし、おれが道を承知だ」

繁次郎を先頭に人混みを掻き分けて六人は市村座に走った。

こちらも木戸番はいたが、木津留吉の姿はなかった。

「芝居小屋の後ろに回ってみましょう」

駿太郎の言葉で六人は大勢の人の波に込み合う表通から裏手に回った。

悲鳴が聞こえた。

「留吉の声だ」

繁次郎が市村座の半纏を着た若い衆に囲まれて地面に倒されている木津留吉を見つけた。

「てめえ、その形でおれっちを騙そうってか。素人(とうしろ)が町奉行所役人に化けやがったな、大番屋に突き出せば首がすっ飛ぶぜ」

若い衆の一人が蹴り上げた。

呻き声を上げた留吉が、

「け、けっして同心の偽物ではない。調べればおれが何者か分かる」

と名乗りそうになったとき、駿太郎が声をかけた。

「申し上げます、その者、近ごろ病を発して頭がいささかおかしくなっておりま す。市村座の舞台に立ちたくてさような形をしたのでございましょう」

「なんだ、てめえ、こやつの仲間か」

「仲間ではございますが、最前申し上げたようにこの者は頭の病にていささか言 動がおかしくなっており、あそこにいる仲間と探していたのでございます」

「ふーん」

と鼻で返事をして、遠巻に見ている五人を確かめた若い衆が、

「おまえさんの名はなんだ」

とここでも尋ねた。

「赤目駿太郎にございます。父が昔、こちらにお世話になったと聞いておりま す」

との駿太郎の言葉を聞いた若い衆が、

「ま、まさか酔いどれ小籐次様の倅じゃねえよな」

「はい、赤目小籐次の倅です」

「立女形の岩井半四郎さんと共演したあの舞台がまた演れないかと座元さんも半四郎丈もいつも話しておられますぜ」

「その舞台は、私がまだ幼い折のことで覚えておりません。父にその旨、申しておきます」

と応じた駿太郎は、

「出来ましたら、その者の身柄をわたしどもに渡しては頂けませんか。二度とこのような真似はさせません」

と言い添えた。すると若い衆の行動を見張っていた壮年の男が、

「駿太郎さんといいなさったか。わっしは市村座の男衆の頭分の卯之輔でしてね、駿太郎さんとこやつの関わりはどんなものなんです」

「お頭、わたしはアサリ河岸のさる剣道場に一月ほど前に入門した身で、その者は先輩です」

「酔いどれ様の倅さんがなぜ桃井、いえ、アサリ河岸の道場に入門などしましたな。父上が天下の武芸者だ。なにも町道場などに入ることもございますまい」

当然の疑問を卯之輔が呈した。

「父上は、私の周りが大人ばかりであることを気にされたのです。同じ齢の仲間と、かような愚かなしくじりや遊びごとを経験するのも大事と考えられたのです」

しばし沈思していた卯之輔が、

「さすがは天下の酔いどれ様だね。こやつのように、妙にひねこびた大人子どもよりしっかりとした考えをすでに駿太郎さんはもっておられますよ」

と言い、

「ここんところ、ご時世ですかね、芝居小屋でただ見するばかりか、巾着なんぞを盗んでいくやつがあとを絶ちませんのさ。それで、こいつもその仲間かと思われ、痛い目に遭わされたってわけだ。どうぞお連れなせえ」

と駿太郎に許しを与えた。

駿太郎は繁次郎に合図をして連れ出すように言った。

「駿太郎さん、読売で知ったことですが、公方様の前で親父様といっしょに紙吹雪の舞を演じられたそうな」

「もうお三方おられましたゆえ、五人で演じました」

「駿太郎様はおいくつで」

「十三です」

「親父様もすごいが十三でこの体付きに落ち付いた挙動、親父様が年相応の餓鬼と遊べと申されたのもむべなるかなだ。役者になりてえときはいつでもうちにきなせえ。いえ、冗談ですがね」

と卯之輔が笑い、繁次郎らがもはや抗う元気もない留吉から十手を取り上げて羽織を脱がせた。十手を包んで隠し、市村座の後ろから表通に留吉を連れ出した。

「座元も岩井半四郎丈も駿太郎さんに会いたがりましょう。ちょっとの間、楽屋にお出で願えませんか」

「ありがとうございます。でも、本日は朋輩探しに芝居町を訪れました。別の機会に父と母といっしょに参ります」

と一礼した駿太郎が表通に出ると、人混みのなかに留吉を連れた繁次郎らの姿は消えていた。

駿太郎が町方同心の三男木津留吉を見た最後の日だった。

第二章　拐し騒ぎ

一

数日後のことだ。

望外川荘では夕餉を食しながら、神谷町の隠居所の近況を昌右衛門やおやえから聞いた駿太郎が一同に披露した。隠居夫婦がすっかりと神谷町の隠居所に落ち付いたという話を知ったおりょうが、

「これで五十六様とお楽様、これ以上は望めないような晩年を過ごされることができますね」

「母上、『春立つや　翁おうなの　余生かな』そのものの隠居所のお暮らしです」

「母が遊び心で描いた掛軸が未だ床の間に飾られておりましょうか」

「大変な気に入りようで、こんどは母上に夏の絵をお願いしたいそうです」

「お鈴さんのお手伝いでわたしの『鼠草紙』もほぼ完成致しました。わたしでよければ隠居所の床の間を飾る四季の掛軸を描きます」

とおりょうが嬉しそうに請け合った。

「おりょう、『鼠草紙』は出来上がったか」

「篠山の本家とはいささか雰囲気が違いましょうが、なんとか」

とおりょうが答え、

「赤目様、駿太郎さん、わたしの正直な感想を申し上げます。わたしは篠山のものよりこちら望外川荘でおりょう様が苦労なさった『鼠草紙』のほうが好ましく思います」

とお鈴が言い切った。

「ほう、それほどの出来か」

「丹波篠山の『鼠草紙』は本家本元、これと望外川荘のものとは比べようにも比べられませぬ。ともあれ、ほっと安堵いたしました」

おりょうが大仕事をなした体で正直な気持ちを洩らした。

「となると、公方様との約束があったな、大奥で披露致すことになるか」

小籐次はなにとはなしに城中に出入りすることを躊躇った風に言った。

「老中青山様から改めて尋ねられたとき、相談いたしましょうか」

とおりょうが小籐次の気持ちを汲んで言った。

手に盃をもった小籐次は頷くと、ゆっくり残った酒を飲み干し、言い出した。

「ちと皆に話がある」

「改まってなんでございましょう」

「お鈴、そなたのことだ」

小籐次の言葉にお鈴が、
はっ
として身を竦め、

「申し訳ございません。いつまでも皆様のお気持に甘えて長居をしてしまいました」

「お鈴さん、篠山にお帰りになりたいのですか」

駿太郎がそんなお鈴に問うた。

しばし黙り込んで考えたお鈴が、

「わがままとは存じます。なれど江戸の暮らしをもうしばらく」

「楽しみたいか」

と小籐次が念を押した。

はい、と即答したお鈴が、

「でも望外川荘を出るときが参ったようです」

「お鈴さん、ここの暮らしが好きならばいつまでもいてもよいのですよ」

とおりょうが言い、

「おりょう、話というのはそのことなのだ」

「と、申されますと」

「この話は、われらが隠居所を訪ねた帰りに駿太郎が言い出したことだ」

小籐次の言葉に駿太郎が、隠居所に移ったおいねのこと、その関わりで久慈屋の奥では二人の幼子を抱えたおやえに負担がかかっていることを告げた。

「駿太郎さん、私が久慈屋さんに奉公でございますか」

「お鈴さんは篠山の旅籠（はたご）の娘さんですが、今の身分は青山家の篠山城での行儀見習いですね」

「そうですけど、こちらの暮らしを経験してもはや篠山でも江戸でも武家奉公には、戻れないと考えたの。もし芝口橋の久慈屋さんに奉公できれば、それ以上のことはありませんけど、久慈屋さんがなんと申されるか」

「この数日のことは父上の口から聞いて下さい」

と駿太郎が願った。

「お鈴、よく聞きなされ」

と前置きした小籐次が、

「駿太郎とわしはな、まずそなたの従姉のおしんさんに相談し、篠山藩の御城奉公を辞めてよいのかどうか、殿様にお尋ねしてもらったのじゃ。するとな、殿は、おしんさんに『わが篠山の行儀見習いの鈴を江戸に伴ったのは、赤目小籐次一家だ。鈴の身の振り方は小籐次一家がつけるのが筋ではないか。久慈屋ならばしっかりとした江戸の大店、江戸藩邸の奉公よりかた苦しくなかろう』と申されたということだ」

と告げた。

それを聞いたお鈴の顔が、
ぱあっ
と明るくなった。

「あとは久慈屋さんのお考えですね。それもどうやら父子で済まされたようですね」

とおりょうが小籐次と駿太郎に質した。

「いかにもさようだ。昌右衛門、おやえさん夫婦は、『お鈴さんがうちに奉公しても差支えなし』と青山の殿様が申されるならば、うちは喜んで奥向きの女中衆として奉公してもらうように仕度を整えると。そう言われてな、どうだ、この話、お鈴」

小籐次の言葉に一瞬言葉をなくしたお鈴が夕餉の膳の前から下がり、姿勢を正して小籐次と駿太郎に頭を下げた。

「赤目様、駿太郎さん、お心遣いありがとうございました。久慈屋さんに奉公ができるならば、始終赤目様にも駿太郎さんにもお会いできます。なにより繁華な江戸の真ん中、鈴は奉公をお願いしとうございます」

と答えた。

「ならば明日にも、篠山藩の江戸藩邸に行儀見習いを辞する挨拶をなしたあと、久慈屋に奉公を願いに参ろうか」

と小籐次の言葉でお鈴の今後が決った。

しばし一座に沈黙があってお梅が、

「望外川荘が寂しくなりますね」

　とぽつんと呟いた。

「お梅さん、この数月、お付き合いして頂きありがとうございました。今後ともよろしくお願い申します」

　とお鈴はお梅にも礼を述べた。


　その翌日、小籐次、駿太郎親子はお鈴を伴い、小舟で望外川荘の船着き場を離れた。三人しておりょうが用意した外着に身を包んでおり、いつもと様子が違うとクロスケもシロも考えたか、池の岸辺を走って小舟を追ってきた。

「クロスケ、シロ、止まれ、止まるのだ。お鈴さんは本日からいなくなるわけではないぞ。一緒に戻ってくるから案ずるな」

　駿太郎が二匹の愛犬に言いかけるとようやく走りを止めて見送った。

「クロスケもシロも私の気持ちが分かるのですね」

　とお鈴が複雑な気持ちを吐露した。おりょうは望外川荘で用を終えたのち、猪牙舟をやとって久慈屋を訪ねる約束になっていた。

「もしお鈴さんの久慈屋奉公が決れば、父上と私が久慈屋に仕事にいく折に犬たちを連れていきますよ」

駿太郎が櫓を漕ぎながら言った。

「いつから久慈屋に奉公が出来るか知らぬが、いったん奉公致さばそのような勝手はできまい。われらと久慈屋は身内同様に昵懇な付き合いをしているがゆえに却って馴れ合ってはならぬこともある。お鈴は篠山で行儀見習いを経験してきた身だ、そのことはよう分かっていよう」

「はい。赤目様方に迷惑のかからぬように久慈屋にお仕えいたします」

とお鈴が顔を引き締めて言った。

この日、赤目小籐次と駿太郎親子は、筋違御門の篠山藩江戸藩邸におしんを訪ね、お鈴の気持ちを伝えた。するとおしんが、

「鈴は丹波篠山を出て望外川荘に世話になり始めてからは段々と、篠山での行儀見習いに戻ることはあるまいという気持ちが強くなっておるように見受けられました。そのことは過日鈴が殿にお目にかかった折に殿も察しておられましょう。多忙な身の殿にわざわざ行儀見習いの鈴一人の身の振り方の挨拶をなすなど、非礼の極みかと存じます。折りを見て、殿や江戸藩邸の重臣方に私のほうからお断りしておきます」

と請け合った。

「それでよいかのう」

と小籐次が気にしたが、

「赤目様が鈴を連れて老中屋敷に参られたときから殿は、鈴の気持を察しておられます」

と藩主の胸のうちを繰り返したおしんは、

「鈴、いくら赤目様一家が久慈屋と身内のように昵懇の間柄とは申せ、そなたの奉公は別のことです。よいですね、赤目様方の心遣いを裏切らぬように奉公をするのです。そうしなければ、篠山に帰ってもらうことになりますよ」

と従妹に厳しい口調で言った。

「おしん従姉(あね)、決して赤目様方のご親切を裏切るような真似は致しません」

とお鈴が自らに言い聞かせるように約定すると、

「本日奉公の許しを得た暁には篠山城で行儀見習いをなしていた折に世話になった国家老さま、御女中衆、それに両親に文を書いて許しを乞いなされ。私もそなたの両親に宛てた書状を認(したた)めて、そなたの文と一緒に篠山へ江戸藩邸の御用便に入れて送りましょう」

とおしんが言い添えた。

「お鈴さんが篠山のお城の行儀見習いを辞めるというのは大変なことなのですね」

と駿太郎が呟いた。

「駿太郎、われらは主持(しゅうも)ちではないでな、気楽じゃが行儀見習いとは申せ、篠山城でお世話になったお鈴は、然るべき手続きを踏まぬとな、篠山に戻った折皆に顔も合わせられまい」

「そういうことなのよ、駿太郎さん。とは申せ、老中をお勤めのわが殿に行儀見習いのお鈴が暇(いとま)の挨拶をするのもおかしいでしょう。過日、篠山から戻った折に殿がお鈴に声をかけたのは、赤目様がいっしょだからよ、そのことをお鈴、勘違いしないのよ」

と従姉が切々と注意を与えた。

三人におしんも同行することになった小籐次ら四人は、芝口橋の久慈屋を訪ねた。

昼前の刻限だ。

久慈屋の店頭には赤目小籐次と駿太郎人形が看板代わりに置かれてあった。

「おや、本日は仕事ではないようですな」

大番頭の観右衛門がいつもの仕事着でない小籐次らを迎えた。

「ただいま篠山藩江戸藩邸にお鈴が行儀見習いを終えた旨を伝えてきたところだ。その上でこちらにお願いに参った」

小籐次の言葉にすべてを心得顔の昌右衛門が、

「ならば奥にお通り下さいまし」

と応じた。

「父上、私はこちらでお待ちします」

と駿太郎が言い、

「よかろう。その形では研ぎ仕事もできまいからな。こちらで待つのもよいが新兵衛さんが元気かどうか長屋を見てこぬか」

との小籐次の言葉を、

「はい」

と駿太郎が素直に受けた。お鈴は不安そうな顔をしたが直ぐに顔を引き締めた。

駿太郎が小舟に乗って新兵衛長屋を訪ねると、新兵衛が春の陽射しを浴びながら独り「研ぎ仕事」をしていた。

「おや、なんだい、駿ちゃん、その歳で仕官致すことになったか」

厠から出てきた版木職人の勝五郎が聞いた。

「仕官なんてしませんよ。本日、お鈴さんが久慈屋の奥向きの女衆として奉公することになったので、私はついてきただけです」

「なに、篠山から酔いどれ一家に従ってきた娘が久慈屋に奉公するのか」

「五十六様とお楽様においねさんが従って隠居所に移られたので、久慈屋の奥に人手が足りなくなったのです」

「それでお鈴さんが奉公か。若い娘には望外川荘より芝口橋のほうが賑やかでいいやな。酔いどれ様は娘に従い、挨拶か」

「はい」

「酔いどれの旦那もなにやかにやと忙しいな。貧乏暇なし、銭にならない世話ばかり相変わらずしてやがる。このところ空蔵から仕事が入らないんだ。読売になるような騒ぎはないかね、駿太郎さんよ」

と勝五郎が言った途端、新兵衛が、

「下郎、そこになおれ。天下の赤目小籐次の嫡男に向かい、なんという口の利きようか。斬り捨ててくれん、雪隠がよい」

と木刀を引き寄せた。

「ま、待った」

と慌てて後ずさりするところに新兵衛の孫のお夕が、

「駿太郎さん、どうしたの、その形」

とこちらも不思議がった。

「お夕さんよ、篠山から酔いどれ一行に従ってきたお鈴さんがよ、久慈屋の奥向きの女衆として奉公するんだってよ」

勝五郎が気を取り直して言った。

「あら、お鈴さん、よほど江戸が気に入ったのね、久慈屋さんなら赤目様と親しいし、うって付けの奉公先だわ」

お夕が頷き、新兵衛に向って、

「お爺ちゃん、昼ごはんよ」

と言った。

「お女中、昼餉となな、菜はなんだな」

「お昼は油揚げとねぎの入ったうどんよ」

「うどんとな、酒は用意してあろうな」

「もちろん仕度してあるわよ」

よかろう、と新兵衛が木刀を携えてお夕に従った。そこへ木戸口に読売屋の空蔵が真っ赤な顔で走り込んできた。

「下郎、城中で慌てふためくでない」

と新兵衛が空蔵を叱りつけた。空蔵は慌てて飛び下がると、

「また酔いどれ小籐次のなりきりか」

と弾む息の下で言った。

「新兵衛さんよ、おりゃ、長年の付き合いの読売屋の空蔵だよ」

「なに、読売屋のほら蔵とな、名は体をあらわす、顔に下品な気性が出ておるな」

と木刀を構えようとするのを、

「赤目小籐次様は、さような真似はなさりませんよ」

とお夕が上手に家へと連れ込んだ。

空蔵が木戸口に戻ると、

「勝五郎さんよ、急ぎ仕事だ、手早く頼むぜ」

と原稿の束を渡した。

「どうしたえ、殺しか」

「娘がいなくなったのよ。駿河町の小児薬の癇性玉が人気の薬屋、宇佐美屋吉兵衛（うさみやきちべえ）の孫娘が行方知れずになって一晩だ。今朝方髷（まげ）に差してあった娘の花かんざしが届けられてよ、大金を寄越せば娘を無事に返すと脅迫してきたそうだ」

「だれだい、脅迫してきた奴はよ」

「勝五郎さん、騒ぎは起こったばかりだ、そんなこと分かるものか。だがな、宇佐美屋の孫娘は十五歳でよ、駿河小町というくらい愛らしい娘で、その名もおふじというんだよ。さあ、早く、彫ってくんな」

と催促する空蔵に原稿の束を持った勝五郎が腕組みして考え込んだ。

「どうしたえ」

「空蔵さんよ、この話、どこから知ったよ」

「そんなことはどうでもいいよ、半刻でも早く読売にしねえと、他の読売屋に抜け駆けされちまうぜ」

「町奉行所の許しを得たか」

「それどころじゃねえよ」

と空蔵が急かせたが、いつも二つ返事の勝五郎は動かなかった。

「空蔵さんよ、こりゃ、娘の命が掛かっている話だぜ。読売で書いてみな、娘さんが殺されかねないぜ。こいつはじっくり腰をすえて調べたほうがよかないか」

「ちぇっ、勝五郎さんらしくもねえな。おまえがやらないのなら他に回すぜ」

勝五郎が傍らに立っていた駿太郎の顔を見た。

駿太郎は勝五郎の申し分が正しいとばかり、うんうんと頷いた。

「すまねえが気がのらねえや」

「よし、分った。おめえとの付き合いは考え直しだな」

と言い残した空蔵が勝五郎の手から原稿の束を引(ひ)っ手繰(たく)ると新兵衛長屋の裏庭から、どぶ板の音を立てて飛び出していった。

二

駿太郎は、新兵衛長屋から小舟で堀留を出ると久慈屋に戻った。

久慈屋の店では南町奉行所の定廻り同心近藤精兵衛と難波橋(なにわばし)の秀次親分らが小籐次と何事か話し合っていた。なんとなく重苦しい雰囲気が両者のあいだに流れていた。

「近藤様、親分さん、こんにちは」

と挨拶する駿太郎に近藤が、

「アサリ河岸通いを続けているそうですね、物足りなくはありませんか」

「いえ、物足りないなど少しも感じません。近藤様のお蔭で道場の稽古を楽しんでいます」

駿太郎が返事をして、久慈屋の奥から呼び出された様子の小籐次の顔を見た。決して機嫌のよい表情ではなかった。また御用を頼まれたのだろうかと思いながら、

「父上、お鈴さんはどうなりました」

と話題を変えて尋ねた。

「久慈屋さんに奉公が決った。八代目やおやえさんが奥にお鈴のために一部屋用意してくれるそうだ」

「いつからこちらに勤められます」

「久慈屋では明日からでもよいというておられる。お鈴の奉公を気にしたおりょうがお鈴を連れてこの界隈を散歩がてら、奉公に入用なものを購いに行ってお

る」

と小籐次が険しい顔を崩さずに言った。

駿太郎は父は決して機嫌が悪いのではなく、なにか心配事があるのではないかと思った。

「父上、なんぞ案じておられますか」

うーむ、と唸った小籐次の顔を近藤と親分が窺がった。

「父上、近藤様方の御用とは、駿河町の宇佐美屋の一件とは違いますか」

「駿太郎さん、その話どこから知りました」

秀次親分が驚きの、険しい顔付きで質した。

駿太郎は新兵衛長屋に読売屋の空蔵が訪ねてきて勝五郎が仕事を断わった一件を告げた。

「なんですって、空蔵がそんな話を勝五郎さんに持ち込みましたか」

と難波橋の親分が念押しして尋ねた。

「はい。でも勝五郎さんは娘さんの命が大事だから、しばらく様子を見たらどうだと言って仕事を断わられました」

「ほう、勝五郎さんはよき判断をされたな」

と小籐次が勝五郎の判断を褒め、

「それに比べてほら蔵め、なにを焦っていやがるか、強引に読売にする気か。秀次、空蔵を急ぎ探し出して、この一件、しばらく読売は控えろと命じるんだ。彫り職人に判断つくことがなぜ空蔵にできねえ」

と近藤が憤激の体で言い放った。

近藤の命に秀次親分と手先たちが久慈屋を飛び出していった。

駿太郎は、やはり近藤らは駿河町の宇佐美屋の娘おふじが拐された一件で小籐次に知恵を借りにきたのだと得心した。

「赤目様、改めてお聞きします。なんぞ知恵はございませんか」

「拐しの連中が金目当てならば、すぐに娘さんに危害を加えることはあるまい。ここは我慢のしどころ、様子を見るしか手はあるまい。まずは空蔵の読売を止めさせることが先決だな」

「全くです。空蔵め、どういうつもりだ」

と近藤が首を捻って、

「南町で秀次からの報告を待ちます」

と久慈屋から姿を消した。

久慈屋の店先に赤目父子が残された。

店頭には父子の人形が鎮座して、本日の研ぎ仕事は休業であることを、芝口橋を往来する人々に告げていた。

「店座敷でおりょう様方がお帰りになるのを待たれますか」

と大番頭の観右衛門が聞いた。

駿太郎が父の顔を見て、

「父上、アサリ河岸に稽古に行っていいですか。だれか稽古相手はいるはずです」

と願った。

「そのなりでは研ぎもできまい。桃井道場に稽古にいくか」

と小籐次が許しを与えた。

近ごろ桃井道場に駿太郎の稽古道具や稽古着は預けてある、だから駿太郎がこの足で駆け付ければ稽古は出来た。

「父上は母上方のお帰りをお待ちになりますか」

「女子衆の買い物は時を要そう、待つしか手はあるまい」

「ならばこちらに小舟を残しておきます」

と言い残した駿太郎は久慈屋から徒歩で、アサリ河岸の桃井道場に急ぎ向った。

「駿太郎さんはほんとうに剣術の稽古が好きなのですね」

帳場格子から昌右衛門が言った。

「なにしろ実父は須藤平八郎どのだ」

「そして、育ての親は酔いどれ小籐次様。氏も育ちも剣術好きになるようにできておりますな。となれば、おりょう様方の帰りを私と一緒に台所でお待ちになりませんか」

と観右衛門が小籐次を誘った。

「大番頭どのの仕事の邪魔にならぬか」

「いえ、ご覧のとおり八代目がでーんと帳場格子に腰を据えておられます。年寄りが茶を喫するくらいはお許しがございましょう」

と観右衛門はさっさと台所に向った。

「赤目様、先代は隠居所に移られた。うちには最長老の大番頭さんが残られました。どうか相手をしてやってくださいまし」

と当代の久慈屋の主が願った。

「そうさせてもらいましょうかな」

と小籐次が三和土廊下に向かいかけ、

「八代目、お鈴のこと、有難うござった。宜しくお願い申します」

と礼を述べた。

「赤目様、老中青山様の国表で行儀見習いをしていたお鈴さんがうちのような商家に奉公なさるとは考えてもおりませんでした。うちにとって大変結構な申し出でございましたよ」

と昌右衛門が応じた。

「生まれは篠山城下の老舗の旅籠、客扱いにはなれておりますでな、お鈴のしばらく江戸に住みたいという望みが適ったというべきでしょう。なにしろ目付役には従姉のおしんさんがおる。江戸の繁華な芝口橋のお店に奉公して有頂天になるようなことはございますまい」

「いえ、お鈴さんの大目付は赤目様とおりょう様でございましょう。私どもはなんの心配もございません。駿太郎さんはよう思いついてくれました」

と昌右衛門が言い切り、小籐次は三和土廊下の奥に消えた。

稽古着に換えた駿太郎が鏡心明智流の桃井道場に出ると、岩代壮吾と年少組の祥次郎、森尾繁次郎の三人が駿太郎を待ち受けていた。

芝居町での一件以来、木津留吉が道場に姿を見せることはなかった。

「駿太郎さん、珍しい刻限に道場に見えましたね」

と壮吾が話しかけ、

「本日は研ぎ仕事を休みました」

と前置きした駿太郎が事情を告げた。

「そうでしたか、篠山から赤目様一家に従ってこられた娘御が久慈屋に勤められることになりましたか」

と首肯した壮吾が、

「うちでも年少組の頭がこの森尾繁次郎に代わりました。今朝方、師匠が正式に命じられました」

と駿太郎に告げた。

「留吉さんは道場を辞されましたか」

「八丁堀を出て奉公に出ました。十五で小僧修業は厳しゅうございましょうが、致し方ありません」

と壮吾が言い切った。

八丁堀では次男三男が他家に養子に入って家督を継ぐことは滅多になかった。ゆえに大方が留吉のように職人修業やお店奉公に出された。

「おれも駿太郎さんに弟子入りしようかな」

祥次郎が思わず本音を吐いた。

「祥次郎、父御が天下の赤目小籐次様じゃというのを忘れたか。駿太郎さんの苦労はおまえには万分の一も察しがつくまい。おまえに駿太郎さんの真似が出来るものか」

「兄上、わたしも留吉さんと同じ道を辿ることになりますか」

祥次郎が話を変えた。

「さあてな、その道も容易ではあるまい。覚悟を決めるならば早いほうがよいかもしれぬな」

と兄が弟に言い、話を元に戻した。

「奉公先でも八丁堀での留吉の日ごろの行状を調べたらしく、二の足を踏んだそうだ。木津家では必死で相手方に頼み込んで小僧として働くことになったというのだ。留吉が十手を持ち出し、同心のなりをして芝居小屋に入り込もうとした一件は南町でも摑(つか)んでおる。一時は、木津家の監督不行き届き、師走を待たずして同心の職を解くことが話し合われたそうな」

「壮吾さん、おれたち、そのことをだれにも洩らしてないぞ。十手だって密かに木津家の門内に羽織に包んでおいてきたのですよ」

と繁次郎が訝しいという顔で言い出した。

「当人が父親と兄上に責められて喋ってしまったのだ。それで父親が上役に相談したのだ。まあ、こたびはなんとか木津家は首がつながった。だが、留吉を八丁堀に部屋住みでおいておくのはならじ、との命でな。留吉は自業自得とはいえ、急にお店奉公で小僧として入ることになったのだ」

「兄上、留吉さんの奉公先はどこですか」

と祥次郎が尋ねた。

過日、森尾繁次郎が岩倉町の真綿問屋摂津屋与兵衛方に小僧奉公すると言った話を祥次郎は忘れたようだと、駿太郎は思った。

「祥次郎、さようなことを聞いてどうする。知らぬふりしてやるのが朋輩であった者への心遣いじゃぞ」

兄の壮吾が実弟へ忠言した。

「兄上、わたしもお店の小僧に奉公に出されますか」

祥次郎の不安は結局元へと戻った。

「さあてな、いまのおまえではお店の小僧にも雇ってもらえまい。少しは駿太郎さんの爪のあかでも貰って煎じて飲め」

「駿太郎さんの爪のあかを貰えますか」

祥次郎が駿太郎に真顔で頼んだ。

壮吾が真に受けた実弟を叱った。

「兄上のいうことはよう分らん。駿太郎さん、どうすればいい」

「父上が祥次郎さんの行末(ゆくすえ)をきっと考えておられます。そのためにもいまは剣術修行に専念することです」

「おれはさ、兄上や駿太郎さんと違って剣術は苦手だからな、どうしよう」

と悩む様子を見せた。

「迷った折は体を動かすのがいちばんです。わたしと稽古をしませんか」

駿太郎の言葉を祥次郎は喜んで受けた。

「なに、駿太郎さんは祥次郎と稽古をなすか。致し方ない、しばらくの間、繁次郎、おれの相手をせよ」

と壮吾が言い、

「えっ、壮吾さんと打ち合いか。駿太郎さんと違い、手加減なしだからな」

と繁次郎がぼやきながらも、竹刀をもって二組が稽古を始めた。

一方芝口橋の久慈屋の台所では、

「駿河町の宇佐美屋さんの娘の、おふじさんはたしか駿河小町、富士小町と呼ばれる愛らしい娘御ではございませんかな」

と観右衛門が小籐次に質した。

「美形とは近藤どのから聞いたが、富士小町とはどうして呼ばれるな」

「おや、赤目様にも知らぬことがございますか。駿河町は越後屋さんの大店がございますな、あの駿河町から富士が遠目に望めますので、駿河町は富士見の往来として有名でしてな」

「ほう、それは知らなんだ。もしあの辺を通りかかることがあればお城越しに富士を眺めてみようか」

小籐次は茶を喫しながら観右衛門と話し合った。

「こちらは宇佐美屋さんに紙を納めておりますかな」

「宇佐美屋さんは薬種屋、大小の袋や四角の薬包などを使われますから、うちから直に納めることはございません。ですが、宇佐美屋さんは老舗でしてな、子どもの癇の薬癇性玉が人気でして夜泣きなどに効くそうです。地味な商いですが、内証はそれなりに豊かなはずです」

「駿河町で名高きお店は三井越後屋であろう。あちらには娘御はおられませんかな」

「おられますが、なにしろあちらは大店中の大店、他出する際は娘御には何人ものお供がついておりましょう。それに比べたら宇佐美屋は地味でしょうな、おふじさんもお一人で外出することもありましょう」

「そうか、大店となると供も多いか」

と小籐次が呟き、

「さりながら宇佐美屋さんは老舗、薬九層倍というて利幅が大きゅうございます。蔵の中に千両箱がいくつも積んでございましょうな」

と観右衛門が言った。

「宇佐美屋は一人娘ですかな」

「うろ覚えですが、嫡男はすでに店で働いており、確か名は勘太郎さん。おふじさんの妹が、おたかさんと言われるはずです。富士の高嶺から娘たちの名をつけたと噂に聞いております」

「おふじさんを拐せば宇佐美屋はそれなりの金子を支払うと見込んだ者の仕業かのう」

「さあてそこまでは」

分らぬと観右衛門が言葉を濁してこの問答は終わった。

駿太郎は祥次郎、繁次郎と稽古をしたあと、壮吾と竹刀を交えることになった。なにしろ祥次郎も繁次郎も駿太郎と力の差があった。ゆえに相手に打たせて払う稽古が続いた。力の差があっても相手から学ぶことはあると、小籐次が常に駿太郎に言い聞かせてきた。どのような相手も手を抜くことなく丁寧に付き合った。

駿太郎が繁次郎と稽古をしているとき、壮吾と祥次郎が竹刀を交え、弟の祥次郎が、

「兄上、なぜさように強く叩くのじゃ、頭が割れるほど痛いぞ」

と文句をいうのが聞こえた。

「祥次郎、弱い者は打たれて打たれて強くなるのだ、それが剣術じゃ」

「駿太郎さんは同じ打ち方でも優しいぞ。兄者のはただ力任せせじゃ」

「駿太郎さんはおまえが余りにも弱いので手加減しておるのだ。それが分らぬか」

「分かるぞ。これほど強く叩かずとも駿太郎さんはおれの弱みを教えてくれる。それに比べて兄者のは、力任せに殴りつけておるだけだ」

と兄弟で言い合い、最後は、

「うるさいぞ、口で稽古ができるか」

「いいわ、兄者とはもはや稽古はせん」

と兄弟が竹刀を引き合った。

そのあと、駿太郎は壮吾といつものように真剣勝負もどきに叩いたり叩かれたりの稽古を四半刻続けて、お互い竹刀を引き合った。

おりょうとお鈴が買い物から久慈屋に戻ってきたのは七つ（午後四時）過ぎの刻限だ。店に戻った小籐次に、

「おまえ様、表では大事になっております」

というおりょうの手には読売があった。

「駿河町のどこぞの大店の娘御が拐されて、金子を払えば娘の命は助けてお店に

戻すという脅し文がお店に投げ込まれたとか。あの界隈の人びとは、読売に名が書いてなくとも、どこどこのお店の娘御と噂が流れておるそうです」

「空蔵の読売かな」

「と思います」

とおりょうが小籐次に差し出した。

小籐次は一見して空蔵の読売と分った。それを黙って観右衛門に渡した。

おりょうはお鈴を連れて奥座敷に向った。本日購った仕事着や襦袢などをお鈴の部屋に届けに行ったのだ。

「こりゃ、厄介が起こらぬとようございますがな」

「空蔵め、こたびはやり過ぎじゃな。読売は売れても町奉行所が黙ってはおるまい。懲らしめのために小伝馬町の牢屋敷に放り込まれるやもしれぬな」

と小籐次は洩らした。

「宇佐美屋のおふじさんの身になにもないことを祈ります」

「いかにもさよう」

と小籐次も同じことを考えた。

そのとき、駿太郎が走ってきたのか、赤い顔をして久慈屋に飛び込んできた。

「父上、若い娘の骸が日本橋の魚河岸の船と船の間に浮かんでいたそうです」

「なに、宇佐美屋の娘ではなかろうな」

「それは私には分かりません。八丁堀の非番の同心方も奉行所に呼ばれました。それで知りました」

と情報が八丁堀からだと駿太郎が言った。

懸念が当たったかという顔で小籐次と観右衛門が顔を見合わせた。

三

お鈴の奉公は明日からと決まり、小籐次、おりょう夫婦に駿太郎、お鈴が帰り仕度をしていると、険しい顔の秀次親分が姿を見せた。

「赤目様、ちょいとお力をお借りできませんかえ」

小走りにきたのか、弾む息の下で遠慮げに言い出した。

「日本橋川に舫われている船と船の間に娘の骸が見つかったそうだな。宇佐美屋の娘さんかな」

と小籐次が応じると、

「赤目様、さようなことをどうして承知でございますか」

と驚きの表情で問い返した。

「駿太郎がな、アサリ河岸の桃井道場で稽古をしていると、八丁堀の非番の同心方が皆よびだされたというのだ。うちとの関わりも承知ゆえ、駿太郎は説明を受けた。さようなわけで話がわしに伝わったとしても致し方あるまい」

「そうでしたか」

と得心した秀次親分が久慈屋の店の上り框にどしんと腰を落とし、

ふうー

と長い息を吐いた。そして、気を取り直して、

「地引河岸の船と船の間に浮かんでいた娘は宇佐美屋のおふじではございませんでした。別口です」

「なに、おふじさんだけではのうて、他の娘も拐されていたか」

「わっしらもこたびの骸が見つかったことで、拐しの一味は多くの娘を拐して、親を脅していたのではないかと考えたというわけでございますよ。こたび見つかったのは、魚河岸の老舗相模屋喜右衛門の長女のお直でございました。齢はこちらも十五歳で美人です。数日前から姿を消していたのを相模屋では奉行所に届け

もせずに拐しの一味と直に交渉していたらしいのでございますよ」

「ならばどうして殺された、相模屋は金を払わなかったのか」

「いえ、おそらく交渉ごとの最中に空蔵の読売が売り出された。そこで一味は相模屋の娘を始末して一味のいうことを聞かないと、こうなると宇佐美屋に警告したのではないかと近藤の旦那方は見ておられます」

「なんということが」

と小籐次が慨嘆した。

「赤目様、ここだけの話ですが、お直、おふじだけではのうて、ひょっとしたら他にも娘を拐されて一味に金子を支払おうかと思案しているところもあるのではないかと奉行所では推量しております」

「二人だけではないというのか」

「お直の一件は、おふじや他の娘の親への警告ではないかと」

「そんな兆候が見えるのか」

秀次親分が何度もうなずいて、

「ただ今のところ飽くまで推量にございますがな」

と言った。

「おまえ様」

おりょうが遠慮げに口を挟んだ。

「わたしどもは望外川荘に戻ります。親分さんの手伝いに残られてはいかがですか。若い娘さんの命がかかった話です」

しばし沈思した小籐次が頷いた。

「秀次親分、わしが残ってもなんの役にも立つまい」

「それが」

「どうした」

「相模屋のお直はかなりの剣の遣い手に胸を深々と刺されて死んでいます。仕末されたのは別の場所で、わざわざ駿河町に近い地引河岸に運んできて骸を捨てたようです」

「一味は剣術を遣う者が頭か」

「頭かどうかは分かりませんが一味に剣の遣い手が加わっているのは確かと思えます。近藤の旦那は赤目様に娘の傷を見てほしいと願っております」

「なんということが」

と観右衛門がもらし、駿太郎が、

「父上、私が母上とお鈴さんを須崎村に送って帰ります」

と言い出した。

「駿太郎さん、そうして頂けると有難いのですがね」

秀次親分が安堵の顔をした。

「赤目様」

と言い出したのは昌右衛門だ。

「お鈴さんの奉公をすこしばかり先延ばし致しませんか。この騒ぎ、まだお調べがついていません」

「そうじゃな、かような剣呑(けんのん)な騒ぎの最中に江戸を知らないお鈴が芝口橋の久慈屋に奉公に出るのはいささか不安であるな」

と小籐次がおりょうを、

(どうしたものか)

と見た。

「お鈴さんの奉公が数日遅れてもようございますか、久慈屋様」

とおりょうが昌右衛門に問うた。

「うちでは一日でも早くとは思いますが、このような騒ぎの最中に奉公をなすこともございますまい」

　おりょうと昌右衛門の問答を聞いていたお鈴が、

「差し出口をしてようございますか」

「なんだ、お鈴」

「かような折ゆえ少しでもお役に立ちとうございます。私は本日からこちらに残ってようございますか」

　と言った。

　昌右衛門が小籐次とおりょうの顔を見た。

　しばし間があって、

「お鈴の覚悟やよし、その気持も分らんではない。今晩から久慈屋で暮して手伝うか。その上でこの騒ぎが落ち付いた折、そなたはいったん望外川荘に戻り、別れの集いを改めていたそうか」

　と小籐次がお鈴の申し出を受けた。

　そんなわけで小籐次とお鈴が芝口橋に残ることになり、駿太郎が、

「母上、私と二人で望外川荘に戻りましょう」

　とおりょうに言い出した。

「そうしてくれるか」

と小籐次が答えると、

「ちょっとお待ちください。かようなご時世です。駿太郎さんが大人顔負けの剣術の遣い手とは承知していますが、お二人をうちの者に須崎村まで送らせてもらいます。小舟はこちらに残しておいて赤目様が使われるのが便利でございませぬか」

と観右衛門が言い出した。

「さようじゃな、ならばそうしてもらおうか」

喜多造と若い衆の二人が乗った久慈屋の船におりょうと駿太郎が乗り、ついでに小籐次と秀次が日本橋川の大番屋まで同乗していくことになって、お鈴だけが久慈屋に残ることになった。

「お鈴、もはやそなたにいうこともないが、本日ただ今から久慈屋の見習奉公じゃ。よいな、これまでのように客のような気持では奉公はいかぬぞ」

「赤目様、承知しております」

と険しい顔つきでお鈴が応じた。

そんなわけでお鈴の急な奉公が決り、六人の乗った船が芝口橋を離れて三十間堀から楓川を伝い日本橋川に出て、南茅場町の大番屋前の河岸で小籐次と秀次が下りた。そしておりょうと駿太郎を乗せた久慈屋の船は須崎村の望外川荘へと向かった。

大番屋では相模屋の娘お直の無残な姿を囲んで喜右衛門や家族、それに番頭と思われる男を始め、魚河岸の奉公人の男衆が茫然として涙を流していた。

「おお、赤目様、無理な願いを申して申し訳ございませぬ」

南町奉行所の定廻り同心近藤精兵衛が小籐次を迎えた。

「近藤どの、わしのような研ぎ屋爺がなんの役に立つか知らぬが、傷口を改めてほしいとの秀次親分の言葉に従って参った」

と近藤に挨拶した小籐次が相模屋の一同に視線を向けて、

「大変な目に遭いなされたな、かける言葉もない」

と声をかけた。すると一同のなかに一人だけ女が混じっていたが、その女が、

「亭主がまるで漁師から魚を仕入れるように娘の身代金を値切るものだから、こんなことになりました。おまえ様が酔いどれ小籐次様ならば、娘の命をなんとしても戻して下さいな」

と泣きながら訴えた。

「おかみさんかな」

「はい、相模屋のさつきです」

「えらい目に遭われたな。ご亭主もまさかかようなことになろうとは思わなかったのであろう。出来ることなれば、すぐに奉行所か出入りの御用聞きに相談すべきであったな」

その言葉に亭主の喜右衛門が、

「おまえさんが有名な酔いどれ様かえ、他人事だからそんな呑気なことが言えるんだよ。うちらは魚一尾卸して何文の儲けの商いだ、二百両だなんて言われて直ぐに支払えますか」

と小籐次に食ってかかった。

「ご亭主かな、差出がましい口を利いて気分を害されたか、相すまぬ」

相手の混乱した気持ちを察した小籐次が頭を下げた。

「赤目様、お怒りにならんで下され。主もおかみさんもお直さんのかような姿に気が動転しておられるのです」

と番頭らしい男が小籐次に詫びた。

「蔵吉、余計なことをいうでない。素人がしゃしゃり出てきて、娘の体を改めてどうするというのだ。ほれ、お直を早々に寺に運びますぞ」

喜右衛門が番頭らに命じた。

「相模屋、赤目様はわれらが願って来て頂いたのだ。もうしばらく時を貸して、赤目様にお直の傷口を調べさせてくれぬか」

「近藤さん、最前奉行所の検視の医者が調べたではありませんか」

「いかにもさようだが、かような殺しの斬り口は医師でも分らぬことがある。ゆえにわれらは赤目様の出馬を願ったのだ。そなた、お直の下手人を摑まえたくはないのか」

近藤同心が叱りつけるように言った。

「近藤さんよ、おまえさん方はなんのためにいるんだよ。なぜ酔いどれの旦那に傷口を見せる要があるんだよ、お直は見世物ではないぜ、払った金子も戻ってもこないや。早々にお直を連れ戻りますからな」

と言い放った相模屋喜右衛門に女房が、

「お、おまえさん、お直の下手人に金子を払われましたか」

と驚愕した声で責めた。

「お、おれはなにもさようなことはいうてないぞ。ともかくお直を寺に連れて行く。番頭、戸板の用意をなされ」

と喜右衛門が命じた。

「ならぬ、相模屋」

近藤の上役の与力五味達蔵が叱りつけた。そして、小籐次に視線を向けて目顔で斬り口を調べることを願った。

小籐次はお直の亡骸にまず瞑目して合掌した。その耳に相模屋の罵り声が聞こえてきたが、小籐次は聞えぬ振りをして布を剥いだ。

相模屋喜右衛門がなにかさらに怒鳴り掛けたが、近藤同心がその耳元で小声ながら険しい口調で忠告した。

お直の死因の胸元の突き傷がかなり腕の立つ侍の技と小籐次は見た。その上でわざわざ首から顔に数か所斬られていることに注意を向けた。ただの拐しではないように思えた。

「相模屋どの、手数をかけた。わしの用事は済んだ」

小籐次が相模屋喜右衛門に言葉をかけた。

「酔いどれの旦那よ、おまえさんが娘の傷を見てなにが分かりましたんで」

「相模屋どの、わしが頼まれたのは南町奉行所でござってな、そちらに申し上げる」

「おれがこの亡骸の父親だぜ。いやさ、おれに言うのが筋じゃないか」

乱暴な口調で小籐次に食ってかかった。

「相模屋、そのほう、最前娘の亡骸を寺に運びたいというたな、ならばもはやわれらの用事は済んだ。赤目様の出馬を願ったのはわれらである。探索のことはわれらに任せよ」

与力五味達蔵が険しい口調で言い放った。

口のなかで罵り声を発した喜右衛門が、

「番頭、お直を寺に」

と命じた。

「それはならぬ、番頭の蔵吉はこの場に残れ。大番屋の小者が相模屋の船まで骸を運ぶ」

と五味が喜右衛門を制した。

「お役人よ、なんで番頭を大番屋に残すよ。お直を寺に運ぶのに番頭が要るんだよ」

「相模屋喜右衛門、そのほう、相模屋の婿であったな」

「役人さんよ、それがどうしたよ。おりゃ、三浦の漁師だったことは確かだぜ。だが、いまじゃ相模屋の主だ。なぜ昔話を持ち出すよ」

「そのほう、われら町奉行所に無断で下手人と身代金の交渉をなしたな、それがどういうことか分らぬか」

五味与力の口調は一段と険しかった。

「おれの娘の命がかかっているんだ。おれが相手と話し合ってなにが悪い」

「そのほうの娘は三日前に拐されておるな。そのほうが町奉行所のわれらに届け出ておれば二人目、もしやして三人目の娘が拐されることはなかったとは思わぬか。本日は死んだ娘に付き添うことを許すが、奉行所から呼び出しがあった折には即刻出頭せよ。よいか、奉行所の調べは厳しいことを覚悟しておれ」

と言い放った。

「なんだって」

と反論しようとした喜右衛門に女房のさつきが、

「おまえさんがお直を殺したも同然ですよ。わたしも許せません」

と激しい表情で睨んだ。

「おりゃ、相模屋の金を守ろうとしただけだ」

と言い訳する喜右衛門の声が最前より弱々しくなっていた。そして、

「お直を連れていくぞ」

と奉公人の男衆に命じた。

大番屋に弛緩の気が流れた。その虚ろな気には嫌な感じが漂っていた。

「お役人様、うちの旦那はご存じのとおり、漁師上りでしてな、言葉遣いもあのとおり漁師言葉で乱暴ですが、根は悪くはございませんので」

とその場に残らされた番頭の蔵吉が言い訳した。

「金子に細かいと聞いたがどうだ、娘の身代金も値切ったと思えるか」

近藤同心が蔵吉に質した。

「かような話は旦那ひとりでなされますので、私も初めて身代金のことは聞かされました」

「お直さんは三日前に行方しれずになったと聞いたがさようか」

と小籐次が蔵吉に尋ねた。

「はい。住まいは永代橋東詰の深川佐賀町にございましてな、お直さんは店の手伝いにいつも五つ（午前八時）の刻限に永代橋を渡って来ます」

「一人でかな」

「はい、三日前も一人で住まいを出られて橋を渡られたはずですが、魚河岸の店には姿を見せませんでした。店ではお直さんが休みかと思うておりましたが、昼下がり店の隅に文がおいてあったようで、旦那がそれを読んで顔色を変えられ、そのあと、『どこのどいつがやりやがったか』と激怒されておりましたが、『なんぞございましたか』と私が尋ねたところ、顔も見ずに『口出しするんじゃねえ』と怒鳴られました。今考えるとあの文に身代金の件が書かれていたと思います」

「そのあと、主はどうしたな」

「四半刻ほどあとに『ちょいと出てくる』と言い残されて、うちの小舟を自分で漕いで大川の方角に出ていかれました」

小籐次との話はすでに近藤同心らは承知か、黙って問答を聞いていた。

「帰ってこられたのは半刻後でして、えらく暗い顔をしていたのを覚えております」

と蔵吉が言った。

「その折に身代金の話をだれぞとしたのではないでしょうか」

「相模屋の知り合いではなかろうな」

「下手人がでございますか。それはありますまい。ただ……」

「……ただどうしたな」

「は、はい、旦那が『あんな途方もねえ金が出せるか』と呟かれました」

「相模屋は、拐し一味相手に娘の身代金を値切ったと思えるか」

「旦那ならばやりかねません」

と思わず口にした蔵吉が、

「あ、いえ、これは私の思い付きでございまして」

と言い訳した。

小籐次は蔵吉の本音と思える言葉に無言でうなずくと、しばし沈思した。

「番頭どの、主のあの気性だ、奉公人で暇を出された者はいないか」

しばし間を置いた蔵吉が、

「私が知るだけで五人おりますな」

と言い、無言で話を聞いていた近藤同心らが身を乗り出してきた。

四

相模屋の番頭が証言した、相模屋を馘首された五人を南町奉行所の面々が即刻に調べることになった。

その間、小籐次は新兵衛長屋にて調べが進むのを待とうと考えたが、やはり久慈屋に顔出しして事情を八代目の当主昌右衛門や大番頭の観右衛門に告げることにした。話を聞いた観右衛門が、

「赤目様もえらい騒ぎに巻き込まれましたな」

と小籐次に同情した。

そこへお鈴とともに茶を運んできたおやえが、

「この刻限ならばお酒がようございましたか」

と小籐次に聞いた。

「おやえさん、南町の御用に首を突っ込んでおる最中じゃ、酒はいかぬ。それよりお鈴、どうだな、久慈屋の奥向きが少しは分かったか」

と小籐次が聞くと、はい、とお鈴が頷き、

「赤目様、さすがは篠山藩で行儀見習いを勤め、さらにはおりょう様のもとで諸事万端を教え込まれたお鈴さんです、ご心配は一切ありませんよ」

とおやえが答えた。

「それはよかった」

安堵した小籐次は女たち二人が奥へと下がったのを確かめ、

「相模屋の評判はよくないかな」

と茶碗の茶を喫して観右衛門に聞いた。

「魚河岸の連中は気風がいいのを自慢にしている連中が大半ですがな、相模屋はいけません。いえ、なにも漁師上りがダメというのではございませんよ。当代の喜右衛門は漁師のころは磯吉といって、おとなしい男でしたがな、さつきさんの婿に入って大金が動くのを見て人柄が変わりました。噂ですから話半分に聞いてください。先代が急死したあと、相模屋の金を自分で扱うようになって売り値は高く、昔仲間からの魚の買い値は安く叩き、一文の出入りも己が管理するようになったそうです。娘が拐されたにも拘わらず身代金を値切ったという話も、当代の喜右衛門ならやりかねませんな」

と観右衛門が一気に言った。

「昔仲間から品を仕入れるのも安値で買いますか」

「なにしろ漁師のやり口はすべて飲み込んでおりますからな、もはや昔仲間は相模屋には卸さないと聞いております。それに奉公人の給金は安く、支払いもまともじゃないという評判が飛んでおります」

と観右衛門がいうところに、しょぼんとした顔の読売屋の空蔵が姿を見せた。

だれもなにも声をかけなかった。

「酔いどれの旦那よ、南町奉行所に詫びてくれないか」

空蔵が店の敷居を入ったところで立ち止まり、ぼそぼそと小籐次に願った。

「空蔵さんや、わしは南町に詫びるようなことはしてないがな」

「そうじゃねえよ。おれがしくじりをしたのは承知だろうが。そいつをさ、おまえさんが執り成してくれないかと」

「頼んでおられますか」

と観右衛門が空蔵の言葉を最後まで言わせず奪いとった。

「まあ、そういうことです、大番頭さんよ」

「おまえさんとは長い付き合いですがな、今後うちの出入りは禁じます。あの読売のせいで娘さん一人の命が奪われたかもしれないんですぞ」

と観右衛門が相模屋の一件を空蔵に告げ、

「いくら抜け駆けが読売屋の得意技とはいえ、死人がでるかもしれない一件と推量できないような読売屋をうちに出入りさせていると、うちの名にも傷がつきます」

「相模屋の娘は三日も前に拐されたんじゃないか。おれの読売とは関わりはないはずだよ」

「空蔵さん、宇佐美屋の娘のおふじさんの一件を読売で匂わせて書いたのはどこのどなたですな。万々が一、おふじさんが殺されたとなると、おまえさん、南町奉行所も黙っておりますまいな」

本日の観右衛門の口調は一段と険しかった。

「だからさ、南町に頼りにされている酔いどれの旦那の」

「口利きが欲しいと申されますか。お門違いも甚だしい。自業自得、己の尻は自分で拭きなされ」

と観右衛門が怒鳴った。

観右衛門の憤激に圧倒されて店の奉公人がすべて沈黙し、空蔵を注視していた。その表情は観右衛門の怒りに賛意を示していた。

「宇佐美屋のおふじは無事だって」

「なぜそう言い切りますな」

「そりゃ、曰くがございましてな」

「曰くってなんですね」

「そりゃ、読売屋にも秘匿するネタがありましてな」

「ともかく宇佐美屋のおふじさんの無事が確かめられるまで久慈屋の出入りは禁止です」

と観右衛門に厳しく命じられた空蔵が口の中でなにか言い訳するようにいい、しょんぼりと店を出ていった。

空蔵の姿が消えたあと、

「大番頭さん、いささか厳しい言い方ではございませんかな」

と昌右衛門が忠言し、

「いえ、旦那様、あれくらい言わないと読売屋は分かりません。なにしろ若い娘の命がかかっておるのですからな」

と観右衛門が珍しく主に言い返した。

最前から問答を無言で聞いていた小籐次は、秀次親分が堀端の柳の木の下で手招きしているのを眼に止めた。

「まさかおふじさんの骸が見つかったというのではありますまいな」

と案ずる言葉を口にした観右衛門には答えず、小籐次は次直を手に久慈屋の表に出た。

小籐次と秀次は、久慈屋の船着き場を見下ろす河岸道でしばらく話し合っていたが、小籐次だけが店仕舞を始めた店に戻り、

「秀次親分に付き合うことになり申した。本日はこれにて失礼致す」

と昌右衛門らに挨拶した。

「まさか」

「おふじさんの骸が見つかったというわけではなさそうだ。大番頭どの、そう無暗に案じなさるな」

観右衛門に暇を乞うた小籐次は秀次を伴い、船着き場に下り、駿太郎が残してくれた小舟に乗って舫い綱を外すと竿を握った。

秀次親分が改めて探索の途中経過を小籐次に告げた。

「相模屋を首になった五人のうち、三人までは話を聞けましたがな、二人は日本橋の魚河岸の別の店で働いており、もう一人は麴町の魚屋にて働いておるそうです。残る二人のひとり、寅ノ助は安房の在所に戻ったそうで、齢からいってもものろまな気性からいっても娘を殺す仲間に入ったとは思えませんや」

「となると最後の一人がお直殺しに関わっておるのであろうか。それとも別の人物かのう」

「五人のなかでいちばん若い小十郎は、なんでも川向うの小名木川そばの魚屋で働いていたそうですが、不意に数月前に辞めたとか。そのあと、行方が知れませんので」

「いささか気になるな」

へえ、と答えた難波橋の秀次親分が、

「赤目様のお得意先の一つは深川の魚源でございましたな」

「永次親方に聞こうという寸法か。深川界隈のことならば料理屋に卸もし、小売りもする魚源ならば承知かもしれぬな。よし、急ごうか」

秀次が小籐次に会いにきた曰くを察して一気に竿を櫓に替えて力を入れた。

すでに深川一色町の魚源は店仕舞を終えていたが、通用戸から行灯の灯りが洩れて声がしていた。

「ご免下され」

と小籐次が通用戸の敷居を跨ぐと、永次親方と大勢の奉公人が明日の段どりでも相談するのか顔を揃えていた。

「おや、赤目様、かような刻限にどうなされました」

と応じた親方が難波橋の秀次親分の顔を見て、御用でしたか、という顔を見せた。

「親方、難波橋の親分は承知じゃな。わしは案内方でな」

と小籐次は説明役を秀次に任せた。

「魚屋になんの御用ですね」

「永次親方、ご一統の知恵を借りたい。娘ひとりの命が関わっておるでな」

と前置きした秀次が手際よく魚河岸の相模屋の娘のお直が拐され、殺された一件と、以前に相模屋に勤めていた小十郎が小名木川の魚屋に鞍替えした経緯を告げた。

「親方、小十郎ならば海辺大工町の棒手振りの魚屋でしたが、もうやめましたぜ」

と奉公人の一人留三郎が言った。

「なに、棒手振りの魚屋だったか」

「おお、親分、野郎は女殺しの小十郎といってよ、まあ、顔がいいし女には優しいや。それで長屋の後家なんぞに手を出して、揉め事をたびたび起こしてよ、その挙句、棒手振りをよしてよ、横川の船問屋といえば聞こえはいいが、やくざまがいの菊川の鉄造一家に出入りしているぜ」

「留、はっきりとした話だろうな。赤目様や難波橋の親分は娘の命がかかっていると言いなさったんだ、いい加減な話はなしだぜ」

親方の永次が留三郎に糾した。

「親方、間違いねえよ、野郎とつい二、三日前も新辻橋の西詰であったもの、そんときも若い娘を連れていたな。あいつ、堅気の商売より女たらしで楽して上手に食ってやがるぜ」

と留三郎が言い切った。

小籐次と秀次は顔を見合わせ、どうやら小十郎はこたびの拐しに関わっていると思った。

「親方、留三郎さんを借り受けてよかろうか」

と小籐次が願うと永次が、

「御用のことだ、しっかりと手伝え」

と留三郎に命じた。

一刻半（三時間）後、小籐次と留三郎は深川菊川町の船問屋、その名も菊川屋の鉄造一家を見張っていた。

秀次親分は、留三郎が小十郎と会ったときいっしょにいた娘が殺された相模屋のお直ではないかとみていた。秀次が土地の御用聞きに菊川屋の鉄造一家の商いを聞くと、

「船問屋はダメだな。その代わり、上方と江戸を往来する千石船の水夫なんぞ集めて賭場をひらいてやがるが、まあ、しょんべん博奕だ。見逃しているところだ」

と答えたという。

「しょんべん博奕で稼ぎになるものか」

「難波橋の、大した稼ぎにはならないな。最近一家に加わった小十郎って野郎がちょいとばかりいい面に任せて娘を誑し込み、十五、六の娘が出入りしているという話だ。おりゃ、上方なんぞに売っぱらうんじゃねえかとみているがねえ。そんときはうちも黙っていられねえや」

と言い添えた。

小十郎は相模屋を辞めさせられた男だ。

当然、旧主の相模屋喜右衛門に恨みをもっていたろう。また相模屋の住いが深川の永代橋東詰深川佐賀町にあり、娘のお直が朝の間に魚河岸に手伝いに出るこ

とも承知していた。

小十郎は親の喜右衛門への恨みつらみを晴らすために魚河岸に向かうお直に声をかけて屋根船かなにかに誘い込んで拐して身代金を出させようとした。

だが、喜右衛門は、娘の命のかかった身代金を値切ったものだから菊川一家としてはお直を宇佐美屋への警告として殺し、日本橋川に投げ込んだのではないかと、秀次と小籐次は推量した。

その段階で秀次は一人南町奉行所の定廻り同心近藤精兵衛に報告しに行き、最終的な判断を仰ぐことにした。

そんなわけで小舟に小籐次と留三郎が菊川の鉄造一家を見張るために残ることになった。

「赤目様よ、腹が減らないか」

「減ったな。だが、寒さや空腹に耐えることも御用のうちだ。しばらく我慢できぬか。それとも留三郎さんは魚源に先に戻るか、見張りだけならわし一人で十分だからな」

「そんなことしてみな、小十郎じゃないが親方に怒鳴られて魚源を首になるぜ。おりゃ、最後まで付き合う」

と留三郎が言い切った。

「えらいことに付き合わせたな」

というところに夜鷹蕎麦屋が風鈴の音を響かせてやってきた。すると驚いたことに娘たちが若い男にぞろぞろと連れられて夜鷹蕎麦を食べに出てきた。

「赤目様、あの野郎が小十郎ですよ」

と留三郎が若い男を差した。

腹を空かせた小舟の二人の視界の先で小十郎と娘たちは喜々とした声を上げて夜鷹蕎麦を食し始めた。

「ふーむ、拐しとはいささか様子が違うな」

小籐次は意外な展開に驚きの声をあげた。

「われらはえらい考え違いをしたかのう。とはいえ、相模屋のお直が殺されたことには違いはない。どう考えればよいのか」

「赤目様よ、いまどきの娘なんてあんなもんだぜ。京、大坂に連れて行き、きれいなおべべを着られて、美味（うま）いめしが食えるならば、自分のほうから名乗りを上げるぞ」

「さような娘がおるか」

「さような娘がおるか、といってもよ、あそこで美味そうに夜鷹蕎麦を食っているじゃねえか。あれが拐しにあった娘たちの本性よ」

「呆れたな。わしは須崎村に戻りたくなったわ」

と小籐次がうんざりしたところで小十郎が、

「さあ、家に戻りねえ、明日は船に乗って上方に行くぜ」

と娘たち五人を船問屋ともなんともつかぬ菊川の鉄造一家に連れ戻した。どうやら二階の座敷に五人の娘たちが上り、お喋りを続けている気配を小籐次は感じた。

「赤目様よ、おれたちも蕎麦を手繰らねえか。おれが頼んでくらあ」

と手拭いで頰かむりした留三郎に小籐次が財布を渡した。

留三郎は種入りの蕎麦を二つに、なんと茶碗酒を小籐次のために運んできた。

「なに、わしには茶碗酒か」

「娘たちが殺される心配はなかろうじゃないか。あとは南町の役人に任せることだね」

という言葉で小籐次もすきっ腹にきゅっと一杯茶碗酒を飲み干し、種入りの蕎麦を掻きこんだ。

　留三郎が夜鷹蕎麦屋に器を返しに行った直後、御用船が二隻御用提灯の灯りを消して横川に入ってきた。物々しい捕物体制で乗り込んできた近藤らが、

「どんな具合です」

　と小籐次に尋ね、

「お直が殺されたことには違いはないが、他の娘たちの様子がな」

　と小籐次は見聞を説明した。

「うむ」

　と慨嘆した近藤が、

「ただ今の娘はそんなものかね。ただし赤目様、やはり相模屋のお直が殺されたことには変わりはございませんぞ」

「そういうことだ。どうするな」

「捕り方を二手に分けて表と裏を見張らせ、それがしと赤目様が表戸から入りますか。お直を無残に突き殺した野郎が一人はいるはずだ」

　との近藤同心の言葉に幾人かが裏に回った頃合いを見計らって次直を手にした小籐次と十手を構えた近藤の二人が船問屋菊川屋の通用戸に立ち、どんどんと叩いた。

「何者だ、今晩、博奕はやってねえぜ」

と即座に声が応じた。

「船から急ぎの用事でな」

「なに、船からだと」

とあっさりと通用戸が開かれ、小籐次と近藤が押し入った。

「なんだ、てめえら」

明朝の出船に合わせて不寝番か、菊川一家の若い衆と細身の浪人が酒を飲んでいた。

「娘らを上方に売る気か、そうはさせないぜ。相模屋のお直の一件もある。殺したのはどいつだえ」

近藤同心が手にした十手の先で瘦身の浪人を差した。

「そのほうら、たった二人で乗り込んできたか。柳生流免許皆伝多々見権三郎の刀の錆にしてくれん」

流儀と姓名とを口にした浪人が茶碗酒を口に含むと、ぷっと細身の刀の柄にかけた。

「もしやおまえがその刀でお直の胸を刺したのか」

「お直といったか、好みゆえ味見をしようとしたら暴れた上に簪の先でわしの掌を刺しおった。剣術家の掌は商売道具、怒りに駆られて刺したのだ」

「顔などを斬り付けたのはそのほうか」

と小籐次が質した。

「多々見権三郎、さような真似はせぬ。小十郎がやったのだ」

「相模屋にそのほうら、身代金としていくら要求したな」

「二百両だ。そいつをあの親はなんと十両と値切りやがった。味見をしようとしたのは親父が談判決裂で帰ったあとのことよ」

「およそのことは相分かった。そのほう、獄門台に首を晒すか」

「抜かせ」

と叫んだ多々見が土間に飛び下り、

「爺、何者か、町方役人ではないな」

と小籐次を睨んだ。

「いかにも役人ではない。研ぎ屋爺の赤目小籐次じゃ」

「ああー」

とその言葉に驚愕の声を上げたのは若い衆だ。

「赤目じゃと」

いきなり多々見は腰の細身の剣を抜くと鞘を捨て、突きの構えで小籐次に突っ込んできた。小籐次は次直を鞘ごと抜くと間合いを詰めてきた突きの物打ちを払い、鐺を相手の鳩尾に当てた。

うっ

と呻いて立ち竦んだ多々美が崩れ落ち、

「来島水軍流鐺当て」

との声が小籐次の口から洩れた。

その直後、菊川屋の表と裏から捕り方が飛び込んできた。

小籐次は土足のままに板の間に上り、階段を駆け上がって、行灯の灯った部屋の障子を開いて言葉を失った。

五人の長襦袢姿の娘たちが小十郎と抱き合うように寝ていた。

「宇佐美屋のおふじはおるか」

と小籐次が質すと一人の娘が寝ぼけ眼で、

「わたしだけど」

と言った。

（なんだな、これは）

空蔵は、このような小十郎や娘たちの行状の真相を知っていて、宇佐美屋のおふじの一件を読売に書いたのだろう、と小籐次は気付かされた。

（なんてことだ）

拐し騒ぎの結末だった。

第三章　木刀と竹竿

一

数日後、小籐次は久慈屋の店先に研ぎ場を設けて仕事を黙々としていた。一方、駿太郎はアサリ河岸の桃井道場に立ち寄り、稽古をしていた。

春の穏やかな陽射しが芝口橋を往来する人々の上に散っていた。だが、小籐次はひたすら研ぎ仕事に熱中していた。

四つ（午前十時）の刻限、小籐次の前に人影が立った。

難波橋の秀次親分だった。すると小籐次の背に観右衛門の声がした。

「赤目様、ひと休みされませぬか」

小籐次はちょうど研ぎ終えた包丁を水で洗い、秀次親分を見上げた。親分もなにも言わず芝口橋を見た。するとそこには読売屋の空蔵の姿があって、仲間の一人が台を橋の欄干の傍らにおいていた。

空蔵が台に乗り、往来する人々を見渡して挨拶した。

「芝口橋を往来ちゅうの皆々様、お仕事ご苦労さまにございます」

いつもより静かな声音に足を止めた三十間堀の船宿の隠居が、

「空蔵さんや、本日はえらく物静かだな。こってりと町奉行所に絞られたか。まあ、人というもの、勢いで間違いを起こすことがある。仕事ができるようになったんだ、これまでの信用を地道に取り戻しなされ」

「ご隠居さん、ありがとうよ」

と殊勝に礼を述べた空蔵がちらりと久慈屋の店先を見て、橋の上に足を止めた人々に視線を戻した。そして、

「ふうっ」

と息をすると片手で頬をぱんぱんと音がするほど叩いて、己を鼓舞した。

「ご一統、本日は読売屋空蔵、懺悔の商い復帰だ。読売はただで配るがその前にわっしの口上に付き合ってくれないか」

普段とは違う口調に足を止めた人々も黙って空蔵を見ていた。

「時世は日々変わっていく、そいつをこの空蔵、知らないわけじゃなかった。だが、若い衆の行いを読み切れなかったのが、空蔵が間違いを起こした原因だ」

「ほー、若い衆のなにを見誤ったたな」

「ご隠居、いまの若い者はと、つい一言で片づけてしまうがよ、若い衆だって地道に汗して働いている者も大勢世間にはいらあ。その反対に楽して、金を稼ごうなんて魂胆の者もいないわけじゃない。本日の読売は、そんな話だ」

「ほら蔵、おまえが奉行所でこってりと絞られた話かよ、その若い者の行状がよ」

と職人風の男が質した。

「親方、そういうことだな。ただしだ」

「ただしだと、ただし書きの口上はつまらなくねえか」

「全くもってそのとおりだ。だから、本日は白紙の読売をただで配ると言っているんだよ」

「白紙だと、銭の要らねえ真っ白けの読売なんぞどうにもつまらねえ、おりゃ、要らねえ」

と職人風の男があっさりと断り、

「空蔵さんよ、口上ってのを聞かせてもらおうか」

「ご隠居さんよ、もう口上は告げたじゃねえか」

と空蔵が力なく答えた。

「な、なに、いまの若い衆がどうのこうのという愚痴が口上か」

「ああ、そうだ」

「ああ、そうだって口上もなにもあったもんじゃねえぞ、ほら蔵。おめえの異名どおりに一発ほらでもいいから聞かせろよ」

と職人が空蔵に嗾けた。

「ふー」

と空蔵が溜息をつき、

「おれだって喉まで出かかった話はあるんだよ。だがな、そいつを口にすると」

「おめえはまた小伝馬町の牢屋敷に逆もどりか」

「だれが牢屋敷に入っていたといったよ。そうじゃねえよ、この話をおめえさん方に聞かせてみな、あっという間に江戸じゅうに広がろうじゃないか」

「読売は功徳ですよ、世間に広まるのはさ」

「ご隠居、おれは手鎖だろうが小伝馬町だろうが、構わねえがよ、若い身空の娘たちが何人も嫁にも行けねえ仕儀になるだろうが。ここは黙っておれによ、謝らせてくんな」

「だれに向かって謝るんだよ」

「親方、そりゃ、数寄屋橋方面だな」

「南町か。おめえ、なにも書いてねえ読売を出しましてございますてんで、こんな真似をしやがったか」

「そういうことだ。真っ白けの読売も乙なもんだろうが」

「読売じゃ尻ふきにもならねえ、おりゃ、いらねえ」

と幾たびも要らねえを繰り返した職人風の男が空蔵の前から消えると、それに従うように大勢の者が消えていった。

残ったのは公事(くじ)に江戸に出てきた風の年寄りと、なんと新兵衛が木刀を腰に立っていた。

「空蔵、そのほうの苦衷、赤目小籐次、推量ついた。ほら蔵もときによきことをなすではないか。赤目小籐次、褒めてとらす」

と新兵衛が言った。

「読売屋さんよ、このお方は何者だね、おまえさんを褒めておられるよ」

「久慈屋の家作を差配していた新兵衛さんだがよ、数年前より呆けが生じてな、赤目小籐次になりきってんだよ」

と空蔵が思わず新兵衛のことを告げた。

「ほら蔵、少し褒めてとらせば付け上りおって、だれが呆けじゃ。許せぬ、来島水軍流流れ胴斬りで成敗してくれん」

と新兵衛がだらしなく結んだ帯から木刀を抜き放った。

「赤目様、お待ち下さい、読売屋風情に手出しはなりませぬ」

久慈屋から手代の国三が飛んできて新兵衛をなだめていると、お麻とお夕の親子が、

「お父つぁん、こんなところまでふらふらして」

「赤目様、お屋敷に戻りましょう」

と親子で国三に目顔で礼を述べ、

「致し方ないわ、次直の錆（さび）にもならぬ読売屋風情じゃ、奥女中どもの忠言を聞き入れて本日は許してつかわす」

娘と孫の二人に手を引かれ新兵衛が長屋のほうへと連れ戻されていった。

「出来ることならば、おれも新兵衛さんの木刀に斬られて死にたい気分だよ。読

売屋はなにがつらいといって真相を知りながら書けないのが一番しんどいぜ、国三さんよ」

「私には事情が分かりませんが、悪いことばかりが続くとは限りません。そのうち、江戸を驚かす大ネタを摑みますよ」

「そうかねえ」

と真白な読売を手にした空蔵が、

「手代さんよ、何枚かもっていかないか」

「頂戴します」

と国三が受け取り、一朱を差し出した。

「なに、真っ白けの読売を手代さんが買ってくれるのか」

「いえ、私ではありません。当代の主が『空蔵さんの悔しさの詰まった読売を読みたい』と申されまして一朱を私に」

「下されたのか、ありがてえ」

と空蔵が久慈屋の帳場格子に向って頭を下げた。

「読売屋さんは空蔵さんと言いなさるか、最前からの問答でなんとなく察しがつきました。私も一枚頂戴しましょう」

と最前の客でただ一人残った年寄りが一朱を差し出した。

「えっ、おまえさんも買ってくれるってか、ありがとうございますよ」

「長いこと生きてきましたがな、真っ白けの読売を買うのは初めてです。これは貴重です、江戸土産に致しますよ」

と空蔵から受取った。


久慈屋の台所では観右衛門と小籐次と秀次親分の三人が無言で茶を喫していた。

「なんとも妙な一日になりそうです」

と観右衛門が呟いた。

「大番頭さん、もはや事は終わりました」

「親分、終わったのかねえ。このご時世ですぞ、あんな娘たちがまた新たに出てきて、世間を騒がすんじゃないかね。それにしても女たらしの小十郎は、生白い顔と聞きましたが、一体全体どこがよいのですかな、こちらにおられる赤目小籐次様の滋味深い顔こそ漢(おとこ)のなかの漢ですぞ」

観右衛門が小籐次を見た。

「大番頭どの、わしの顔はどう見てももくず蟹を踏み潰した面じゃ、おりょうの好みが変わっておるで、ようやくわしは拾ってもらったがな。いまどきの若い娘は小十郎のようなのっぺりした顔がよいのであろう」

小十郎のしどけない姿と顔を思い出した小籐次が苦々しげに応じた。

「赤目様、それにしても大家や大店の娘がどうして小十郎に惹かれますかな、上方見物に連れていくと称して京や大坂の女郎屋に売り飛ばされるのは目に見えているでしょうに」

観右衛門が小籐次に言った。そして、

「親分、こたびの一件で意外や意外、まともな考えをしていたのは読売屋の空蔵さんでしたな」

「へえ、そういうことになりますか」

と苦虫をかみつぶした表情で秀次が応じてさらに、

「確かに娘のお直が青二才の小十郎に惚れたのを見て、父親の喜右衛門が相模屋から小十郎を追い出したのはいささか性急な行いかもしれません。意外に小十郎の根性の悪さを承知してのことかもしれませんがな。それになんと言っても娘の心を見通せておりませんでしたな。まさかお直が小十郎に会いたさに菊川屋を訪ねていくとは夢にも考えてなかったでしょう」

と言い添え、しばし間をおいて、

「娘にもてる小十郎に嫉妬した多々見権三郎がお直に乱暴をしようとして、お直に暴れられ、殺す羽目になってしまった。お直も小十郎を追いかけて行ったりしなければ、死なずに済んだのですがね、一人だけ貧乏くじを引く羽目に落ちた」

と言い足した。

小籐次は茶を喫したまま二人の問答を無言で聞いていた。

菊川屋の二階座敷で小十郎と抱き合うように寝ていた五人の娘たちは、宇佐美屋のおふじを始め、江戸でも名代の老舗、大店の娘たちだった。大店ゆえに厳しい躾けがなされた反動か、手もなく小十郎の顔と優しい言葉に騙されて、上方へ売られるところだったのだが、当人たちは小十郎といっしょに京、大坂見物に千石船で旅するものと信じていた。このことを知らされた親たちは町奉行所など公儀の然るべきところに金子をばらまき、こたびの一件を、

「なかったことにしてくれ」

と嘆願した。

空蔵は娘たちが小十郎の甘い言葉にのせられていることを知って、読売で軽薄な娘たちの行動を世間に警告しようとしたのだ。

秀次らも小籐次も最初は、空蔵が読売を売りたさに強引におふじの拐し話を書いたのだと信じていた。だが、事実は違い、小十郎の面に惚れた娘たちは小十郎の甘言に家から金子を引き出し、菊川屋の関わりの船で、
「京見物、大坂見物」
に行く心積もりでいたのだ。

ところが一方で多々見権三郎がお直を犯そうとして暴れられ、殺す羽目になり、このことを知った菊川屋では、日本橋川の地引河岸の船の間にお直の亡骸を捨てさせた。

「菊川屋はどうなりますな、親分」

「むろん菊川屋は船問屋の商い停止(ちょうじ)です、菊川屋の主鉄造は八丈島辺りに島流しでしょうな。お直を殺した多々見権三郎は死罪の沙汰がでるようです」

「小十郎も島流しですか」

「それですよ、厄介な一件は」

「お直の殺しには確かに関わりがございませんが、父親への憂さ晴らしかお直の顔に傷をつけておりますし、大店の娘五人を上方に売り飛ばそうという悪事に加担しておりますぞ」

と観右衛門が怒りの声を上げた。

「ところが娘たちが一様に『小十郎さんはなにも悪くないの、私たちの願いを聞いてくれただけよ』と庇(かば)うのです。その上、親たちは親たちで金子を使って然るべき筋に娘の一件はなかったことにするように嘆願している。南町奉行所としても、小十郎を白洲に引き出すに出されねえで困っておられるようです」

と秀次親分が怒りを抑えた口調で言い、

「まあ、わっしの勘では、菊川屋の連中といっしょに密かに遠島処分でしょうかな」

と推量を語った。

「娘ひとり、お直さんが死んだんですがな」

観右衛門が憤り、

「小十郎の面に惚れたばかりに死ぬ羽目になった」

と秀次が嘆いた。

「親分、空蔵は小十郎や若い娘たちの行状を承知の上で読売にて世間に警告しようとしたのじゃな」

と小籐次が念を押した。

「どうやらそのようで」

と秀次が応じたとき、店のほうから駿太郎の声が聞こえ、国三と駿太郎の二人が台所に姿を見せた。

「父上、なにかございましたか」

うむ、と応じた小籐次へ国三が文字のひとつも書かれていない白紙の読売を一枚差し出した。

「空蔵さんの読売ですかな」

「大番頭さん、さようです。旦那様が一朱でお買い求めになられました。白紙の読売を購ったのは旦那様と公事で江戸に出てきた風体のお年寄りの二人だけでした」

と観右衛門にも読売を渡した。

ふうっ、と吐息をした秀次親分が、

「空蔵さんの意地の籠った白紙の読売ですな。こたびの一件の真相をおよそ承知なのは空蔵さんひとりです。だが、読売に書いてはならぬと町奉行所から封じ込められましたからな、これしか手はなかったのでしょうな」

「空蔵さんはどうしたな」

と小籐次がだれとはなしに聞くと国三が、

「橋の上から店に一礼して立ち去られました」

「そうか、空蔵は帰ったか」

と小籐次が呟き、白い紙面を凝視した。すると空蔵の無念が小籐次の胸に伝わってきた。

「空蔵さんを元気づける催し、なんぞ企てないといけませんな」

観右衛門が思案顔で言った。

「それならば容易(たやす)いことですぜ、大番頭さん」

「おや、派手な宴でもやりますか」

「いえいえ、さようなことではございません。酔いどれ小籐次様がらみの大騒動があれば、直ぐにも元気を取り戻しますよ」

と秀次親分が小籐次を見た。

「親分、常々申しておろう。わしは南町の手下でも読売屋の手先でもないわ。一介の研ぎ屋爺じゃぞ、都合よく騒ぎが転がり込んでくるものか」

と矛先が自分に向いてきた小籐次が抗議した。

「桃井先生が父上にお会いしたいそうで、望外川荘を訪ねてよいかとの言付けを道場の退出前に預かりました。先生は、なんぞお悩みがあるのではございませぬか」

と駿太郎が言った。

「なに、桃井先生がわしに用事とな、急ぎの用かのう」

にやり、と笑った秀次親分が、

「ほれ、こりゃ、騒ぎが舞い込む予感が致しますな」

「桃井先生が若い娘に懸想したなんて話ではございませんぞ、これは」

と大番頭の観右衛門が秀次の言葉に乗った。

「大番頭さん、若い娘や駿太郎さんがいる前でなんですね」

おやえの声がして傍らにお鈴が立っていた。

「お鈴さん、久慈屋さんの暮らしに慣れましたか」

と駿太郎がお鈴を案じ、

「皆さんによくして頂き、すっかりと慣れました」

とお鈴が応じた。

「それはよかった」

駿太郎の言葉におやえが、

「大丈夫よ、おりょう様からうちのことをとくと教えて頂いていたそうで、呑み込みが早いの。駿太郎さん、安心して」

「よかった」

と駿太郎が言い、

「若い娘とひと括りにしてはなりませぬな。お鈴さんやお夕さんのようにしっかりとした娘もおることが分りました。おやえ様、真に軽薄な言葉を洩らし、失礼を致しました」

と観右衛門がおやえに詫びて、長い茶飲み話が終わった。

二

小籐次と駿太郎は久慈屋の仕事を早めに切り上げてアサリ河岸の桃井道場に立ち寄った。

もはや道場の稽古は終り、森閑としていた。桃井道場は住み込み門弟のいる道場ではない。門番の爺やが奥へと知らせに行った。するとすぐに当代の道場主桃井春蔵直雄が玄関に姿を見せた。

「赤目先生、早々にお立ち寄り頂き、恐縮です」

桃井春蔵が詫びた。だが、その顔にはどこかほっと安堵した表情が漂っているのを駿太郎は見逃がさなかった。

「研ぎ屋爺に用があるとのこと、久慈屋で仕事をしておりましたでな、立ち寄らせて頂きました。なんぞ出来致しましたかな」

「はあ」

と桃井春蔵は玄関先で話すことに、あるいは駿太郎の前で話すことに躊躇いを見せた。

「駿太郎、舟に戻っておれ。桃井先生の用事をお聞きして舟に戻る」

と小籐次が駿太郎に命じ、

「赤目様、お心遣い恐縮に存ずる」

と桃井春蔵が小籐次を道場へと招じた。

小籐次と桃井春蔵の二人だけの話はおよそ四半刻続き、小籐次が駿太郎の待つ小舟に戻ってきた。

「父上、望外川荘に戻ってようございますか」

「舟を八丁堀から亀島川に入れてくれぬか。この刻限、近藤精兵衛どのが屋敷に戻っておられるかどうかわからぬが、一応訪ねてみよう」

と小籐次は戻り道に八丁堀の近藤宅に立ち寄ることを指示した。

「畏(かしこ)まりました」

駿太郎が竿を使って小舟を出した。

小籐次は亀島橋に小舟を着けさせ、一人だけ下りた。こちらの用事も四半刻もかからずに終わった。戻ってきた小籐次が、

「駿太郎、待たせたな」

と言うと小舟に乗り込んできた。

「用事は終わりましたか」

「運よく近藤どのが役宅に帰っておられたで事は済んだ」

「では、須崎村に舟を向けてようございますね」

「頼もう」

小籐次は胴の間に小柄な体をどっかと据えた。

駿太郎は父親の様子を見ながら櫓を使い、日本橋川との合流部の霊岸橋へと向けた。

近ごろでは親子が舟に乗るとき、駿太郎が舟を操ることが多かった。この日も

駿太郎が須崎村まで小舟を操るつもりで櫓を漕いだ。

駿太郎は小籐次に桃井春蔵の用事を尋ねようとはしなかった。話してよいことならば父親のほうから話すだろう。なにか厄介な話ゆえ思案に暮れていると思った。

駿太郎は霊岸橋を潜り、日本橋川を斜めに過って舟を崩橋へと向けた。龍閑川とも呼ばれる入堀の合流部を通過して中洲との間を新大橋へ、大川の右岸沿いに遡上していった。

大川の本流に出たとき、小籐次が立ち上がり、櫓に手を添えた。

駿太郎は二人櫓で須崎村まで戻る気だな、と父親が手掛ける櫓の場所を空けた。

「父上、桃井先生は駿太郎の入門をお断りになりましたか」

駿太郎は最前から思い悩んでいたことを問うた。

近藤同心の口利きで駿太郎は桃井道場に仮入門していたが、正式な入門手続きは未だしていなかった。ゆえにそのことを案じたのだ。

「うーむ」

と不意を突かれたような顔を駿太郎に向けた小籐次が、

「もはや駿太郎は桃井道場の年少組の門弟であろう。今さらお断りになることはなかろう」

「御用は違ったのですね」

駿太郎が安堵の声を洩らした。

「違った。明日からな、二、三日わしも駿太郎といっしょに道場通いすることになった」

「おおー」

と駿太郎が喜びの声を上げた。

「桃井先生は父上に臨時の師範方を願われましたか」

「まあ、そんなところかのう」

と応じた小籐次が、

「父と一緒では迷惑か」

「さようなことはありません。道場の方々は酔いどれ小籐次がどれほど強いか知りたがっておいでです。きっと皆さん、喜ばれます」

「ならば爺がしばし師範代を務めるか」

小籐次が応じて話はそれで終わった。むろん駿太郎も桃井の用事がそのようなことではないことは察していた。

須崎村の湧水池に入ったとき、西空を薄紅色に染めて日が落ちていくところだった。

気配を感じたクロスケとシロの二匹が望外川荘と船着き場の間にある雑木林を抜けて飛び出してきた。

「クロスケ、シロ、ちゃんと留守番をしていたか」

駿太郎が船着き場の上を飛び回る二匹の犬に叫んだ。

ワンワンワン

と吠え声で応えたシロは望外川荘に連れてこられた日よりがっちりとした体付きになり、すっかり望外川荘の飼い犬になっていた。

駿太郎が小舟を船着き場に寄せる前に二匹の犬が小舟に飛び込んできた。駿太郎は櫓を父親に任せると二匹の犬を抱きしめた。

「今日は食いものはなにもないぞ」

駿太郎がいうところにおりょうが珍しく姿を見せた。どことなく晴れやかな顔をしていた。

「本日、おしんさんが見えました」

「ほう、おりょうに用事か」

「はい。表装が済んだ『鼠草紙』を確かめていかれました」

「ということはそなたがお城に上がって大奥の女衆に『鼠草紙』を披露することになったか」

「いえ、その前に老中青山様の奥方様の久子(ひさこ)様が望外川荘にお見えになるそうです」

　青山忠裕の正室は土井利里の養女久子であった。

「お城で披露する前に下見に参られるか」

「そのようなことかと存じます」

「おりょう、大仕事が済んだな、ご苦労であった」

「おまえ様、仕事と申されても手慰みに始めたことが大変な騒ぎになり、りょうは戸惑っております。真にお城で披露するなど大それたことを為してよいのでしょうか」

「そなたが売り込んだことではないわ。大奥の女衆も川向うの吉原と比べては礼を欠いたものとは思う。じゃがな、籠の鳥の身はいっしょと思わぬか。そなたが『鼠草紙』を持ち込んで篠山の話をなせば喜ばれようではないか」

「でございましょうか。ともかくお城に上がる前に青山様の奥方様の下見がございます」

「いつ参られるな」

「おしんさんは、日取りを決めて改めて知らせに参られるそうです」

「鼠の権頭（ごんのかみ）で大騒ぎじゃのう」

と小籐次が言い、駿太郎が舫った小舟から船着き場に上がった。すると傍らから二匹の犬も飛び上った。

「おしんさんの用事はそれだけであったか」

「格別に他に用件はないようで茶を喫して雑談をされていかれました」

とおりょうが答え、

「なにかおしんさんに用事を頼まれましたか」

「わしのほうにはなにもないな」

船着き場から川向うの江戸を見ると夕焼け空が広がっていた。

「よい季節でございます」

「おお、望外川荘は春よし夏よし秋よし、さらに冬も風情があるわ。われら、かようなところに住まいしてよいのかのう」

と小籐次が言いながらおりょうを伴い、望外川荘へと向かった。

駿太郎は二匹の愛犬と一緒にあとから従いながら、父上が桃井道場の師範代を務めるにはなにか曰くがなければならないなと改めて思った。

翌日、小籐次、駿太郎父子はアサリ河岸の朝稽古に出た。小籐次は桃井道場の見所に黙然と座り、五十人ほどの門弟の稽古を見ていた。

桃井道場の門弟は南北町奉行所の与力・同心の子弟たちが多い。ゆえに大半の門弟たちが、

「おや、本日は駿太郎さんの稽古を見に来られたか」

「いや、それほど親ばかでもあるまい。第一駿太郎さんに太刀打ちできる者はおらぬ。年少組はもとよりわれら大人でもたじたじじゃぞ。なぜ酔いどれ様が駿太郎さんの稽古ぶりを見物に来られるな」

「駿太郎さんが手を抜くことなどないのは酔いどれ様もご存じのはずじゃ」

などと言い合っていたが、さすがに赤目小籐次に稽古をつけてもらおうとする猛者はいなかった。

年少組では岩代祥次郎が、

「おい、駿ちゃん、親父様は研ぎ屋と聞いたが、のんびりとうちの道場の稽古な

ど見ていてよいのか」

「祥次郎さん、わたしにもなぜ父上が道場に参られたのか分かりません。わたしが桃井道場に正式に入門するために桃井先生にお願いに参られたのでしょうか」

と駿太郎が答え、

「おれたちはさ、駿ちゃんが年少組にいるのは心強いが、駿ちゃんはほんとうにうちの道場でいいのか」

と年少組の頭に就いた森尾繁次郎が尋ねた。

「わたしはみなさんと稽古をするのが楽しいです」

ふーん、と鼻で返事をした吉水吉三郎が、

「おれが駿ちゃんならよ、北辰一刀流の千葉道場に入門するな。そんでさ、千葉道場のやつらをこてんぱんにやっつけてやる」

「吉、おまえがどうあがいても無理じゃ、おまえは年少組でも一番弱いではないか」

清水由之助が言った。

「だからさ、おれが駿ちゃんの腕前ならばと言ったんだよ」

「ともかく駿ちゃんの爺様に、いや、もとい親父様に睨まれていると稽古がし難(にく)

いな」

と祥次郎が言ったとき、その背後に兄の岩代壮吾が静かに歩み寄り、こつんと竹刀の先で弟の頭を叩いて、

「そなたら、お喋りに道場に来たのか」

と一同を叱った。

「兄上、痛いじゃないか。そうだ、駿ちゃんの親父様にさ、稽古をつけてもらいなよ。駿ちゃんの腕前より上なんだろ」

「祥次郎、そなた、赤目小籐次様の数多の武勇伝を知らぬのか。『御鑓拝借』に始まり、その強さは上様にも知られているほどだぞ。おれなど相手にしてくれまい」

壮吾が駿太郎に聞かせるように言った。

「壮吾さん、父上と稽古がしたいのですか」

「駿太郎さん、まさかさような大胆不敵なことは考えておらぬぞ」

その返事を聞いた駿太郎が、

「壮吾さん、一緒に願ってみませんか」

と二十一歳の壮吾の手を引いて見所に向った。

二人と向き合った小籐次に駿太郎が言った。

「父上、岩代壮吾さんを承知ですね」

「おお、なかなか潔い剣術じゃな」

「壮吾さんが父上と打ち合いがしたいそうです」

「駿太郎さん、それがしはさようなことは夢にも考えておらぬぞ。もしかしてご指導を頂けるかと思うただけだぞ」

と狼狽した壮吾が本音を洩らした。

「おお、わしも退屈しておる。明日からこの道場の隅に研ぎ場を設けて仕事をしようかと考えていたところだ。稽古しようか」

小籐次があっさりと引き受け、駿太郎が手にしていた竹刀を父に渡した。

壮吾が床に座して、

「ご指導のほどお願い奉ります」

と願った。

「奉りますときたか。酔いどれ爺が相手じゃぞ、そう気張るでない」

と言いながら小籐次がひょこひょこと道場の一角に進み、正座していた壮吾が慌てて小籐次の前に身を移して控え、

「赤目小籐次様、ご指導お願い申します」

と深々と一礼した。

壮吾は八丁堀でも知られた若手剣術家だ。それだけに赤目小籐次の為してきた勲を承知し、崇めていた。八丁堀の与力・同心のなかには、

「赤目小籐次の武名は大仰に喧伝されておる。読売屋なんぞがな、事実の百倍に面白おかしく書き立てたせいだ」

という者もいた。

壮吾も初めて桃井道場で、

「あのお方が酔いどれ小籐次じゃと」

と仲間に教えられたとき、

（えっ、この爺様があの赤目小籐次様であろうか）

と信じられなかった。しかし南町でも有能と評判の定廻り同心の近藤精兵衛が私淑しているのを見たとき、

（やはりただ者ではないのだ）

と思い直した。それにしてもまさか今日道場で稽古をつけてもらうなど、壮吾は夢想もしていなかった。

（あれこれ考えてもダメじゃ、正面からぶつかろう）

と覚悟を決めて竹刀を正眼に構えた。

小籐次は未だ竹刀を片手に下げたままだ。

「壮吾さんや、わしを案山子(かかし)とでも思うて打込んでみなされ」

「はっ」

と返事をした途端、壮吾は己よりも一尺も小さな小籐次が眼前に立ち塞がる巨岩の壁のように思えた。

（いかん、赤目小籐次様の名に躍らされておるわ）

と自らを戒め、

「参ります」

と得意の正眼から上段に竹刀を移しながら踏み込んで振り下ろした。だが、気持ちだけが先立ち、足がついて行かず小籐次の前に突んのめっていた。

「ありゃ、兄貴め、一人で転んだぞ」

弟の祥次郎が呆れ声を上げた。

いつの間にか門弟たちは稽古を止めて、赤目小籐次に指導を仰ぐ岩代壮吾に期待をかけて見ていた。それなのに壮吾は一人相撲をとって道場の床に転がっていた。

「壮吾、平常心でな、赤目様の指導を仰げ」

と道場主の桃井春蔵直雄の叱声が飛んだ。

「は、はい」

と飛び起きた壮吾は竹刀を構え直した。

眼前の小籐次は相変わらず同じ場所に竹刀を下げて立っていた。

「いま一度お願い申します」

「待て、待ちなされ」

と小籐次が壮吾に声をかけ、

「桃井先生のお言葉を聞いておらぬのか。竹刀をいったん下ろしなされ」

「はっ」

と返事をして竹刀を下ろした壮吾に、

「五体ががちがちに固まっておる。以前に見たそなたの動きは水の流れの如く自然であったな。だれが相手であろうと軽んじてはならぬ。また同時に過剰に恐れてもならぬ。そなたには基から学んだ者の技量がそなわっておる。それを忘れてはどうにもなるまい。まずその場で深く息を吸い、ゆっくりと吐きなされ」

小籐次の言葉に壮吾が素直に従った。

「そうそれじゃ、十回ほど繰り返しなされ。よう剣術の達人と称するお方が、無になれと申されるが、そう容易く無の境地などにはなれぬ。あれこれと雑念が頭にうかぶゆえ人は面白い、進歩をする」

しばし呼吸を整えた壮吾に、

「もう一度正眼から打込んでこられよ」

と命じた。

壮吾の上段打ちを片手の竹刀で弾いた小籐次がよろめく壮吾の腰を軽く叩き、

「未だ未だいつもの岩代壮吾ではないな。それもう一度」

と元の位置に戻らせ、稽古を再開した。

この日、半刻余り攻めを繰り返した壮吾は最後に息絶え絶えに床に転んで起き上がれなかった。

「壮吾さん、水を飲んでください」

駿太郎が柄杓の水を差し出し、夢中で飲んだ壮吾は小籐次が不動の姿勢で元の位置に静かに立つ姿に身震いした。

三

朝稽古が終わっても小籐次はアサリ河岸に残り、駿太郎だけが小舟に乗って久慈屋に向った。むろん研ぎ仕事をするためだ。駿太郎を見た国三が酔いどれ父子の紙人形を急いで仕舞いこみ、

「本日は深川辺りで仕事かと思いました」

「いえ、本日は父上と一緒にアサリ河岸の桃井道場に行き、私だけがこちらに参りました。私の出来る研ぎ仕事をさせて下さい」

と駿太郎が願い、帳場格子の主の昌右衛門と大番頭の観右衛門に、さらには奉公人にも挨拶した。それを見た国三が、

「駿太郎さんの研ぎも礼儀も一人前の職人ですよ」

と応じて二人して急ぎ研ぎ場を設えた。

四つ半（午前十一時）の頃合いだ。

「駿太郎さん、赤目様は桃井道場で研ぎ仕事ですかな」

観右衛門が仕度を終えて仕事を始めようとした駿太郎に声をかけた。

「いえ、仕事ではありません」

「とすると昨日駿太郎さんが桃井先生から願われた用事の一件ですかな」

「だと思います。でも父上と桃井先生の二人だけで話されたので、私には用事がなんなのか分かりません」

と駿太郎が答え、久慈屋の道具の手入れを始めた。

帳場格子の中では観右衛門が若い主に顔を向けて、

「旦那様、赤目様のご用事はなんでございましょうな」

「大番頭さん、駿太郎さんに察しがつかないことです。私に分かるわけがありませんよ」

昌右衛門の返事に観右衛門が、

「またなんぞ厄介ごとを頼まれましたかな」

と独りごとを呟いた。

ひと仕事をした駿太郎に、

「駿太郎さん、昼餉よ」

とお鈴が声をかけ、尋ねた。

「あら、赤目様はいらっしゃらないの」

「はい、本日は私ひとりです」

「寂しくないの、一人で仕事をして」

「久慈屋さんはうちの身内みたいなものですからね、私が物心つく前からこちらに出入りをしていたんです、大丈夫です」

「駿太郎さんはえらいわね。私も見習わなければ」

と言ったお鈴の声に不安が漂っているのを駿太郎は感じた。そのことを国三も感じたか、

「お鈴さん、丹波篠山が恋しくなりましたか」

と笑みの顔で尋ねた。

先に昼餉を終えていた国三は、駿太郎のいなくなる研ぎ場にかぶせようと古布を手にしていた。研ぎの最中の刃物がむき出しで店頭に転がっているのは物騒だから、往来の人に見えないようにするためだ。

日本橋から京橋、芝口橋と繋がり、品川に向かう東海道は常に大勢の人々の往来が絶えなかった。そんな中に良からぬ考えをする者がいないとも限らない、ために研ぎの最中の刃物を隠しておくのだ。

「手代さん、私は駿太郎さんより年上です。久慈屋の奉公は楽しくてしようがあ

りません。だって私、たった一日にこんな数の人が往来するのを見るのは初めてです。見飽きません、毎日わくわくしています」

「お鈴さん、芝口橋を篠山城下の全ての住人以上の人が一日に往来しますからね」

篠山城下を知る駿太郎が立ち上がり、国三が古布を研ぎ場にかけた。

「お鈴が恋しいのは、篠山ではのうて望外川荘ではありませんかな」

駿太郎と昼餉をともにしようと立ち上がった観右衛門が口を挟んだ。

「いえ、そんなことは」

と応じたお鈴が、

「少しだけ懐かしゅうございます」

と正直な気持ちを述べた。

「ふっふっふふ」

と笑った観右衛門が、

「旦那様、お鈴もお夕さんのようにひと月に一度、望外川荘に泊りがけで戻しますかな」

と昌右衛門に許しを乞うと、

「大番頭さん、私は奉公に上がったんです。そんな我儘は許されません。それにこちらに居ればこうして駿太郎さんや赤目様とお会いできます」

とお鈴が慌てて言い足した。

お鈴に頷いた駿太郎は、観右衛門といっしょに台所に向った。

駿太郎が昼餉を終えて店先の研ぎ場に戻ってきたとき、読売屋の空蔵が独りぽつねんと立っていた。まだ過日のお直の一件が空蔵の胸のなかに残っているような顔だった。

「駿太郎さんよ、親父はどうしたえ」

空蔵の声音にいつもの元気がなかった。

「アサリ河岸の桃井道場です」

「なに、道場にも研ぎ場を設けたか」

「いえ、違います」

「親父が駿太郎さんに代わって剣術の稽古なんてないよな。酔いどれ様は剣術を教えてもよ、稽古をする要はねえものな」

と言った空蔵が、

「駿太郎さんよ、口止めされたか」

「いえ、父上は空蔵さんが久慈屋に見えたら、わしが桃井道場にいることを話せと言われました」

「な、なに、おれに酔いどれ様が桃井道場に来いってか」

「そうは言いませんよ。父上が桃井道場にいることを告げてもよいと」

「そう言ったんだな。こりゃ、なにかあるな」

と腕組みして思案に落ちた。

駿太郎は古布を剝いで丁寧に畳んだ。

「分かったぞ。こいつは神田仲町の一件と関わりがあるな」

と空蔵が呟いた。

「父上はアサリ河岸におられます。神田仲町ってどこにあるんですか」

と駿太郎が尋ね返した。

「おうさ、駿太郎さんは神田仲町がどこにあるか知らないか。於玉ヶ池の北辰一刀流千葉道場や斎藤弥九郎道場、アサリ河岸の桃井道場ほど名は売れてないがな、神田川の北側に鹿島神道流の笹村守善道場があってな、地道に道場経営をしてきたんだ。たしかおれの記憶が正しければ当代は三代目のはずだ。それがふいに道場仕舞をしたんだよ」

「どうしてですか」

「それが謎なんだよ」

と腕組を解いた。そこで、

「空蔵さんや、なにもそれ以上は分かりませんかな」

と観右衛門が口を挟んできた。

「大番頭さんもしらねえか。神田川の向こうかたでよ、芝口橋とはだいぶ離れているからな。噂だが、道場破りにやられたらしいや。いや、笹村守善様は木刀で殴り殺されたって話も流れている。家族はすぐに道場を立ち退き、道場は閉鎖で門弟衆もちりぢりだ。そんなわけで真相は分からないのよ」

「道場破りが笹村道場に現われたのはいつのことです」

こうなると駿太郎より年季の入った観右衛門の独壇場だ、得心するまで空蔵を放す気はないらしい。なんとなくこの話題に久慈屋の店じゅうが聞き耳を立てていた。

「おれがさ、例のお直殺しに翻弄されていた頃合いだ」

「ということはつい最近ではありませんか。三代も続いていた剣道場が忽然と消えましたか」

「そういうことだ、大番頭さん」

「そのことと父上がアサリ河岸の桃井道場におられることが関わりございますか、空蔵さん」

駿太郎が問うた。

「こりゃな、読売屋の勘だ。二つがどんな曰くで結びついているかなんて、なに一つわからない。けどな、なんとなくにおうのさ」

「空蔵さんや、赤目様がそなたに自分の居る先を、駿太郎さんを通して告げたことがこれまでありましたかな」

「大番頭さん、あったかもしれないが思い出せないな。おれを毛嫌いすることはあっても自ら倅を通じて伝えるなんて滅多になかったろうよ」

駿太郎もそう思った。すると観右衛門が帳場格子から出てきて、

「空蔵さん、うちでのんびり突っ立っている場合ではありませんぞ。酔いどれ小籐次様がらみの大ネタになるかならないかの、誘いかけです。さあ、アサリ河岸の桃井道場に走りなされ」

と空蔵に活を入れた。

「おおー、合点承知の助だ。旦那さん、大番頭さん、駿太郎さん、ご一統さんよ、

さらばでござる」

　と言い残した空蔵がアサリ河岸へと駆け出していった。

「やっぱり空蔵さんの元気の源は酔いどれネタですな」

　と観右衛門が嬉しそうに言った。

「赤目様は過日のことを気にして空蔵さんに大当たりをとらせようと考えられたようですね」

　とそれまで黙って問答を聞いていた昌右衛門が呟いた。

「旦那様、間違いなくそう考えられてのことですよ」

「神田仲町の剣道場の一件と赤目様のアサリ河岸の桃井道場通いがつながるかどうか、空蔵さんの勘を信じましょうか」

　昌右衛門の言葉を聞き、駿太郎は仕事に戻った。

　駿太郎が久慈屋の仕事にひと区切りつけてアサリ河岸に小舟に乗って戻ると、小籐次が道場の玄関の傍らで見なれぬ砥石で出刃包丁を研いでいた。

「父上、退屈ですか」

「門弟が帰ったあとの道場はがらんとしてな、桃井先生との話も尽きたゆえ、内儀に願って砥石を借り受け、包丁を研いでおる」

「舟から砥石を持ってきましょうか」

「いや、今日はこの程度にしておこう。駿太郎、明日はこちらに研ぎ道具一式を残してくれぬか。道場が終わったあと、研ぎをしながら時の過ぎるのを待とう」

と小籐次が言い、桃井一家が住まいする別棟に砥石と包丁を届けにいった。

小籐次と駿太郎親子は、桃井春蔵に見送られてアサリ河岸から楓川を抜けて日本橋川に出ることにした。

「父上、空蔵さんが見えましたか」

「うむ、来たな」

「父上が桃井道場に通われる事情は、神田仲町の笹村道場で起こった一件とかかわりございましたか」

駿太郎の問いにしばし小籐次は間を置いた。

相変わらず櫓は駿太郎が握っていた。

「そなたには言うまでもないが、朋輩らに話すことではない」

と小籐次が忠言し、

「分かりました」

と答える駿太郎に、

「さすがは空蔵さんじゃな。わしが桃井道場におることと鹿島神道流笹村道場で起こったことは間違いなくつながりがあろう。笹村守善どのと桃井春蔵先生は昵懇の間柄であったそうな。桃井先生は若い折、笹村道場に出稽古に行き、二人は兄弟弟子の関係にあった。ゆえにお二人は今も付き合いがあった」

と言った。

「空蔵さんは突然道場がなくなったと言われましたが」

「うむ、わしが桃井春蔵先生から聞いた話では、一月ほど前、いきなり見知らぬ者より笹村道場に、『何日後に道場に出向く。包金一つを用意されたし。用意なき場合は約定の日限時刻に道場主笹村守善どのとの立ち合いを願い候』との不敵にして尋常ならざる文が届いたそうな。笹村どのはこのことを弟子の桃井春蔵先生に書状にて『ご時世不安の折、度し難い剣術家が嫌がらせをするものよ』と知らせてこられた」

「笹村先生は脅かしの文を信じておられなかったのですか」

「どうやら嫌がらせと考えられたようだ。ところが約定の日、その者が参って笹村守善どのと立ち合いを為し、笹村どのは一撃のもとに木刀にて面を割られ、身罷(まか)られた。このことは身内の者が道場に夕餉を告げに行って知ったそうじゃ」

「なんということで」

「笹村どのは慎重な気性のようでな、書状を嫌がらせと信じつつも、身内には常々『わしに万が一のことがあれば桃井先生に相談をなせ』と申されていたそうで、笹村守善どのの弔(とむら)いに呼ばれた桃井先生は、身内と相談の上、笹村守善どのを病死として寺にも役所にも届けた。桃井先生の門弟衆の多くは町奉行所の与力・同心じゃでな、かようなことが出来たのであろう。道場には、一筆、『当道場廃絶したり』と残されていたそうな。そこで笹村先生の身内を本所の亀戸(かめいど)村の親類の家に避難させたという」

「なんということでしょう」

駿太郎は怒りを覚えた。

「また笹村守善どのは、その者から届いた書状を内儀どのに預けられ、『万が一の場合、桃井先生に渡せ』と言い残されてもいた」

小籐次が淡々とした口調で経緯を語り、

「父上、笹村様一家が神田仲町道場を立ち退くことはないではありませんか」

と駿太郎が反論した。

「桃井先生は、立ち合いは二人だけでなされ、おそらく道場をかけての勝負であったろうと想像されておる。笹村どのを斃した相手がいつ、どのような形で笹村道場に現われ、『当道場はわしのもの』と言い立てるか分からぬ。ゆえに桃井先生は用心深くかような措置をとられたのだ」

駿太郎は父が話した言葉を何度となくなぞり、理解に努めた。

「父上、これまで話されたことは桃井先生の知り合いの笹村守善様のことでございましたね」

「桃井先生がわしを呼んだわけが知りたいか」

「はい」

「笹村守善どのに届いた書状と同じ文が桃井道場にも届いたのだ」

えっ、と驚きの声を上げた駿太郎は、

「なぜですか、父上」

「なにゆえか、未だ姓名を明かさぬその者しか分からぬな」

「許せませぬ」

と駿太郎が怒りの籠った声で言い放った。

小籐次は桃井春蔵の忌憚のない頼みの言葉を思い出していた。

「赤目様、兄弟子の笹村守善の技量はそれがしより格段に上でございました。かような文を受取ったそれがし、兄弟子の仇は討ち果たすことはできませぬ。赤目様、願いがござる」

「わしにその者と立ち合えと申されるか」

「当初そう願おうと思いました」

と正直に心情を吐露した桃井春蔵が、

「幾たびも考え、悩んだ末に、それがしも剣術家の端くれ、その者立ち会ってみようと覚悟を決めました。その折、ただ一人、赤目小籐次様に立会人になって勝負を見届けて頂きとうございます。この儀やいかに」

と質された小籐次は、

「承知仕った」

と即答した。

「父上、いつその者は参るのでございますな」

「明後日、刻限は昼下がり八つ半（午後三時）じゃ」

桃井道場には門弟が一人もいない刻限だった。

「父上が桃井先生に代わって立ち合われますか」

「いや、それはない。桃井春蔵先生が立ち合われる。このことだけはしかと覚えておけ」

駿太郎は口から出かかった言葉を強引に喉の奥へと押し込んだ。それは、

(兄弟子の笹村守善様を一撃で斃(たお)した相手です。なぜ)

「なぜわしが代わらぬかと尋ねたいか。そなたの剣術の師匠は、己の弱さを知りつつも不敵なる道場破りに立ち向かうと覚悟をなされた。わしがそなたを桃井先生に預けた理由よ。よいか、駿太郎、強さに己惚(うぬぼ)れる剣術家は己の弱さを承知の剣術家には敵わぬ」

「ならば父上の役目はなんでございますか」

「立会人じゃ」

「立会人、にございますか」

「駿太郎、この舟で話したことおりょうにも他言無用じゃぞ、しかと心得よ」

「承知しました」

小舟はいつの間にか大川を遡上していた。

四

駿太郎は翌日も小籐次といっしょにアサリ河岸の桃井道場に向った。道場で駿太郎は朝稽古に加わり、小籐次は門弟で指導を願う者に付き合った。

朝稽古が終わった段階で駿太郎は小舟を駆って芝口橋に向かったが、その前に父のために一組の研ぎ道具を桃井道場に下ろしていた。

小籐次は正体不明の道場破りの出現まで、研ぎをしながら時を過ごすことにした。

道場破りが文で桃井道場を訪れると宣告したのは、明日の八つ半だった。だが、小籐次はその者が予定を早めて訪れることを想定して昨日より桃井道場に待機することになった。

駿太郎が久慈屋に小舟を着けたとき、すでに研ぎ場は国三の手で用意がされていた。

「国三さん、ありがとう」

「赤目様は本日も桃井道場に詰めておられますか」

「はい。本日は研ぎ道具を一式おいてきました。今ごろは道場の門前で研ぎを始めておりましょう」

「アサリ河岸の剣道場前で研ぎ場を設けられましたか。お客さんがありますかね」

国三は、言外に小籐次が格別な用事を願われ、アサリ河岸に残ったかと問うていた。だが、駿太郎が首を傾げるとそれ以上の問いはなさなかった。

駿太郎は帳場格子の昌右衛門と観右衛門に挨拶して久慈屋の道具の手入れを始めた。

独りだけの研ぎ仕事だ、急ぐことはない。父親に教えられた研ぎの基に従い、丁寧にこつこつと作業を続けた。すると芝口橋界隈のおかみさん連が姿を見せて、

「おや、本日も酔いどれ様はいないのかい。赤目様のところも代替わりかね。赤目様も歳をとったからね、おりょう様の傍らで休養かね」

と言いながら研ぎをなす包丁を差し出した。

「ありがとうございます。八つ（午後二時）時分までには研ぎ上げておきます」

「頼んだよ」

と普段使いの包丁を置いていった。そんな客が昼前に三人ほどあり、五本の包

丁の研ぎを頼まれた。

駿太郎が久慈屋の道具の手入れを中断しておかみさん連の包丁を二本研ぎ終えたところでお鈴が昼餉を告げにきて、

「今日も駿太郎さん一人なの」

と尋ねた。

「お鈴さん、父上はアサリ河岸に研ぎ場を構えています」

と駿太郎が返事をした。するとお鈴が、

「駿太郎さんは偉いわね、その歳で一人前の研ぎ仕事ができるんですもの。篠山でも研ぎを身につけていることは承知していたけど、親御の赤目様の真似ごとだと思っていたわ。江戸に来て駿太郎さんがちゃんとした研ぎ仕事をこなすと知ったのよ。私なんていくつも駿太郎さんより年上なのにすべてが半人前よ」

といつものお鈴らしくない自虐的な表情で言った。

「お鈴さんも初めての江戸での奉公に頑張っておられます」

「駿太郎さん、旦那様とおやえ様がお夕さんが望外川荘に泊まる夜は、私もいっしょしていいって言ってくださったの。私はお夕さんと立場が違うし、どうしたものか赤目様とおりょう様にお尋ねしてくれませんか」

と小声で願った。

お鈴はお店奉公には正月と盆の二回しか藪入りがないことを承知していた。国三たちと違って格別扱いされてよいかどうか迷っているようだと駿太郎は気付いていた。

「お鈴さん、父と母に聞いておきます。これは私の考えですが、最初からあまり無理せず旦那様方のお許しを素直に受け入れられたらどうでしょう」

駿太郎がお鈴に囁いて研ぎ場から台所に向おうとした。

「お鈴、駿太郎さんの言葉を大事になされ」

観右衛門が二人の問答を察したらしく言った。

「大番頭さん、心配かけて申し訳ありません」

とお鈴が詫びて台所に姿を消した。

「お鈴には赤目様一家の支えがあったとしても、篠山と江戸の暮らしはまるで違いましょう。いささか惑いが生じておりますね」

と昌右衛門が観右衛門にいい、大番頭が頷いた。

この日も七つ半前に研ぎ仕事を終えた駿太郎が研ぎ場を片付けて昌右衛門と観

右衛門に挨拶した。

「アサリ河岸にて赤目様を迎えて須崎村に戻りますな」

「はい、そうします」

と答えた駿太郎が、

「おそらく明日にも父上の桃井道場通いも終わるような気がします」

と言い残すと研ぎの道具を久慈屋に預けて船着き場に下りた。すると空蔵がいて、

「駿太郎さんよ、おれをアサリ河岸まで乗せていってくんな」

と願った。

駿太郎が頷き、空蔵が小舟に乗り込んだ。舟のなかで二人の会話はほとんどなかった。駿太郎は空蔵が調べたことを聞こうともしなかったし、空蔵も話そうとはしなかった。だが、三十間堀の紀伊国橋を小舟が潜ったとき、空蔵が、

「野郎は文で告げた日限に必ず桃井道場に現れるぜ」

と確信の顔で言い切った。

読売屋だ、調べるのはお手のものだ。この一件については父と空蔵が意を通じていることを承知していたから、駿太郎はただ頷いただけだった。アサリ河岸に

着いたとき、空蔵は、

「おれが親父様に駿太郎さんが迎えに来ていると知らせてこよう。少し待つかもしれないがな」

と言い残して姿を消した。確かに駿太郎は四半刻ほど待たされた。そして、小籐次が独りだけ姿を見せて、

「駿太郎、ご苦労だったな」

と待たせたことを詫びた。


アサリ河岸に正体不明の道場破りが姿を見せる当日、駿太郎は父と桃井道場まで同行し、いつものように朝稽古をして桃井道場を出ようとして尋ねた。

「迎えにくるのは昨日と同じでようございますね」

すると小籐次が、「そうしてもらおう」と応じて駿太郎になにかを言いかけた。なにかございますか、と駿太郎が小籐次に目顔で尋ねると、

「いやなにもない。駿太郎はよう頑張っておる、それを言おうとしたのだ」

と小籐次の口から思い掛けない言葉が洩れた。駿太郎は父が言わんとしたこととは別のことだと思った。が、父と子はそれ以上の問答を交わすことはなかった。

その昼下がり、アサリ河岸の鏡心明智流の桃井春蔵道場に径の太い枇杷材の木刀を手にした剣術家が訪れた。

そのとき、道場の門前で一人の年寄りがせっせと研ぎ仕事をしていた。その背後の壁には七尺ほどの長さの竹竿が立てかけてあって、独りごとのようなものを呟いていた。

「両人　対酌すれば　山花開く
一杯　一杯　復た　一杯
我酔うて眠らんと欲す　卿　且く去れ
明朝　意あらば　琴を抱いて来たれ」

李白とかいう異国の詩人の七言絶句だ。

「こちらは桃井道場でござるな」

と剣術家は研ぎ屋に西国訛りの丁寧な口調で尋ねた。六尺豊かな偉丈夫だった。

「ああ、桃井春蔵様の道場でござる」

「訪いは文にて知らせてある。道場に上がらせてもらう」

「桃井先生がお待ちじゃ」

首肯して門内に入ろうとした訪問者が研ぎ屋を見て、

「そなた、侍か」

と問い質した。

「遠い昔、さる大名家の下屋敷の厩(うまや)番を勤めておった」

「ほう、それが研ぎ屋で暮らしを立てておるか」

「江戸に在所から逃散(ちょうさん)した百姓衆が流れ込んでくるでな、なかなか稼ぎ仕事はござらぬ」

と応じた研ぎ屋がひょいと立ち上がった。五尺あるかなしかの年寄り爺様の腰に下士の名残りの脇差があった。

「わしが桃井先生のところへ案内仕ろう。よいかな」

無言で頷いた訪問者は年寄りの研ぎ屋に関心を寄せたか、

「おぬし、名はなんという」

と質した。

「わしか、赤目小籐次にござる」

「赤目小籐次のう」

と応じた訪問者の顔には名は耳にしたことがある、だが、小籐次がどのような人物か知らぬと書いてあった。

「案内願おう」

と訪問者が頼んだ。

先に立った赤目小籐次は、訪問者が丸目蔵人佐徹斎長恵の創始した肥前タイ捨流の修行者大蔵内山門隠士という名であることをすでに承知していた。

空蔵が手蔓をたどり、通旅籠町の安宿に投宿する剣術家が鹿島神道流の笹村守善を一撃のもとに殴り殺した人物、大蔵内と宿帳から調べてきたのだ。この半月余り、朝は宿を六つ半（午前七時）に出て暮れ六つ（午後六時）には必ず戻ってきたという。宿代は十日分先払いにしていることも承知していた。

「赤目小籐次どのが老人とは思わなかった」

小籐次の背中から問いともつかぬ声がかかった。だが、格別それ以上に赤目小籐次に関心があるとは思えなかった。

小籐次はゆっくりと振り返り、

「お手前、大蔵内山門隠士と申されるそうな。流儀はタイ捨流と聞いた。肥後の生まれかな」

「肥後ではない、肥前長崎が生国である。それにしてもわしの名が江戸で知られているとは摩訶不思議」

「江戸というところ妙なところであってな、どこから湧いてくるか、風聞の類が流れていつの間にか広がるところよ」

「お手前の酔いどれ小籐次もその類か」

「いかにもいかにも」

小籐次は大蔵内が小籐次以上の大顔であることに気付いた。

「本日のお手前の役目はなんでござるな」

大蔵内が小籐次に聞いた。

「立会人にござる」

「ほう、立会人な、なんのために」

「そなたが笹村守善どのを一撃のもとに斃した技前を見とうてな、ただそれだけのことじゃ。手出しは一切せぬと約定しよう、迷惑かな」

「いささか意外の話かな」

と洩らした大蔵内が、

「この場でわしが赤目小籐次どのとの立ち合いを望んだらどうするな」

「そなた、桃井春蔵どのに立ち合いを申し込んでおるのであろう」

と門と式台の間に立ち止まった小籐次が問い質した。

「いかにもさよう」

「桃井どのを斃さば次は北辰一刀流の千葉周作どのか、それとも神道無念流の斎藤弥九郎どののあたりか」

大蔵内がにやりと嗤った。顔の表情が急に険悪なものと変わった。

「大蔵内どの、西国から江戸に名を立てんとして道場破りを決意されたか」

「さように考えられてもよい」

「桃井道場の次はどちらだな。すでに次の狙いには書状を出されたか」

小籐次は繰り返し問うた。

「於玉ヶ池の千葉周作どのに十日後に願っておる」

「千葉周作どのは急速に力をつけてこられた伸び盛りの剣術家と聞く。そなたとよい勝負かもしれぬ」

「桃井春蔵どのより格段に技量が上か」

「そなた、立ち合いの相手を下調べせぬのか」

「なんのために調べるな。立ち合えば分かることだ」

「なかなかの自信家と見た」

「お手前、当道場主に助っ人を頼まれたか」

「最前申したな、立会人と。わしの倅が桃井道場の門弟でな、そんな関わりで桃井先生に立会人を頼まれたのだ」

しばし大蔵内が沈黙した。

「なんぞ不審がござるか」

「わしは相手を間違えたようじゃ」

と大蔵内山門隠士が呟いた。

「と、申されると」

「江戸で名を上げるには眼前の赤目小籐次どのを斃すのが一番じゃということにただ今気付き申した」

「迷惑至極じゃな」

「と思うてもいまい。わしの訪ねくるのを待ち受けていたはずじゃ」

「桃井春蔵どのとの勝負どうなさるな」

「そなたとの勝負のあとに戦えばよきこと」

「わしは生計（たつき）を研ぎ仕事で立てる暮らしよ。包金を懐に持ってはおらぬ」

「ならば立ち合うまで」

と大蔵内が言い切った。

小籐次はしばし間を置き、

「致し方ないか。ただしこのこと桃井先生にお断りしておらぬ。道場の敷地の中では桃井道場に迷惑が掛かってもならぬ。門外の河岸道ではいかがか」

「妙な気遣いをなしおるな」

と蔑み笑いをした大蔵内が常寸の三尺三寸三分より五寸は長く、径も二寸に近い木刀を左手に携え、門を出た。

「おおー、出てきやがったな」

と真福寺橋の袂(たもと)に潜んでいた読売屋の空蔵が手にしていた筆先を思わず舐めた。ために唇が黒く染まったが当人は気付かない。

「酔いどれはどうしたよ」

と空蔵が案ずるところに小籐次が研ぎ場の背後に立てかけておいた七尺余の竹竿を手にして、ひょこひょこと姿を見せた。

「赤目とやら、その竹竿は杖か」

「まあ、そのようなものかのう。生国肥前長崎で習ったタイ捨流拝見するには竹竿で十分よ」

「大言壮語もそれまで」

「わしが竹竿を手にした曰くを聞かぬのか」

「曰くがあるなら申せ」

「わしは親父に伊予水軍に伝わった来島水軍流を伝授された。来島水軍流には剣技十手のほかに、脇剣と呼ばれる竿術があってのう、そなたとの尋常勝負、竿にて応ずるは、そなたの技を蔑んでのことではない。そなたのタイ捨流を敬うてのことよ」

「よかろう、肥前長崎のタイ捨流か、伊予水軍の成れの果ての竿術がまさるか、勝負致そう」

「畏まって候」

と立てていた竹竿を小籐次が構えると大蔵内も枇杷材の木刀を右肩に担ぐように置いた。

大蔵内山門隠士が武士の生まれではないのではと小籐次は思った。だが、即座に雑念を消した。若いうちは試合や対決に際して無になるなどなかなか難しい。だが、齢をとると頭に思い浮かぶ想念を消し去るなど容易なことだった。齢を重ねるとともに修羅場を潜った経験が瞬時に、父親から殴られ、殴られ覚えさせられた脇剣七手、つまり竿術七手の一手、竿突きの構えを小籐次に取らせていた。

二人の勝負は、対岸の河岸道から南町定廻り同心近藤精兵衛と難波橋の秀次親分の二人も眺めていた。

長い対峙になった。

春風が梅の香りをのせて桃井道場の門前で対決する二人に吹き付けた。

その直後、大蔵内が敢然と踏み込むと同時に頭上に立てていた枇杷の木刀を振り下ろし、飄然とした表情で竿を構えた赤目小籐次の破れ笠に叩きつけた。

目にも止まらぬほど迅速果敢な攻めだった。

うっ

と空蔵が思わず両眼を閉じ、慌てて開けた。

その瞬間、大蔵内山門隠士の六尺余の巨体が宙に浮いて堀へと転落していた。

どぼん！

という音とともに水しぶきが上り、喉を竹竿で突かれた大蔵内の手から木刀が離れてぷかぷかと浮かんでいた。

小籐次の口から、

「来島水軍流脇剣の一手、竿突き」

の言葉が洩れた。

「世間には、身のほど知らずがいるものですね」

と秀次が呟き、

「親分、それよりあやつを引き上げたほうがよかろうな、酔いどれ様が手加減したとはいっても溺れ死ぬかもしれんぞ」

と近藤同心が言い、二人して河岸道を下っていった。

そのとき、小籐次は桃井道場の式台の前で茫然自失して言葉もない桃井春蔵に頭を下げ、

「桃井先生の相手を横取り致し、なんとも申し訳ないことでございます」

と詫びていた。

第四章　お鈴の迷い

一

翌日の昼下がり、小籐次と駿太郎親子が久慈屋の店の一角に設けられた研ぎ場で仕事をしていると、芝口橋からざわめきが伝わってきた。

読売屋の空蔵が芝口橋の真ん中に置かれた台に乗り、

「あーあーあ」

と声を慣らしている。

春の陽射しが穏やかに降り注ぎ、橋を往来する人々もどことなくゆったりとした気分に見えた。

「空蔵さん、本日は結構な陽気ですな、暑くもなく寒くもない」

「加賀町の履物屋の番頭さん、全く仰るとおりだ。天気はよし、空蔵の気持も爽快、言うことはありませんよ」

「はい。ついでに久慈屋ではおまえ様ご贔屓（ひいき）の酔いどれ小籐次様と子息の駿太郎さんが研ぎ仕事をしておられる。世の中万事平穏にして長閑（のどか）ですね」

「そんな長閑なご時世に西国の剣術家が江戸で名をあげることを考えたんだよ、番頭さん」

「ほうほう」

芝口一丁目の薪炭商の隠居が相槌を打ち、身を乗り出してきた。

「おまえさんのご機嫌から察して酔いどれ様の活躍話でしょうな」

「ご隠居はお見通しだ。だがね、この剣術家、東国の剣術界事情に疎（うと）かったんだね。神田川の北側にある鹿島神道流の笹村守善道場に文を送りつけ、尋常勝負か、包金一つかのどちらか、いわば道場破りまがいの要求をしたのさ」

「で、どうなったね」

「剣術家の笹村様は慎重な気性のお方でね、ついでにいまどき珍しくも武士の矜持を持っておられる。ゆえに二十五両もただ渡すような真似は武芸者の面目に関わると潔く立ち合われた」

「で、どうなりました」

履物屋の番頭が尋ねた。

「うーむ、勝負は時の運だ。西国の荒々しい剣術に脳天を一撃のもと断ち割られて非業の死を遂げられた」

「なんてこった。道場はどうなったえ」

「西国の勝者は『当道場は笹村守善の所有にあらず』みたいな走り書きをして姿を消した。そして、次なる相手として笹村様の兄弟弟子アサリ河岸の鏡心明智流の桃井道場に目をつけた」

「そりゃ、まずいな、大いにまずいな」

「ご隠居、その先は口にするねえ」

「桃井道場も道場破りに乗っ取られたか」

「世間には偶然ということもあるんだね。赤目小籐次様の子息駿太郎さんが桃井道場に入門してな、それが縁で親父の酔いどれ様が桃井道場で研ぎ仕事を請け負ったんだよ。そんなところに肥前長崎で習得したというタイ捨流の凄腕の剣術家大蔵内が姿を見せた」

「ほうほう、赤目様がそんな無法な道場破りを通すわけはないやな、ほら蔵」

と職人風の男が尋ねた。

「兄さん、字は読めるかえ」

「おりゃ、川向うの裏長屋生まれ、生粋の江戸っこ、貧乏人だ。文字は一つとして読めねえ。さあー、その先を講釈しろ」

「おい、兄いさん、おれのことをほら蔵と呼んだな。江戸に何軒の読売屋があるか承知か。その中でもこの空蔵、ほら蔵とおまえさんが呼んだように異名の主だ。異名があるというのはそれだけの仕事をしているということだ。いいか、おれは講釈でめしを食っているんじゃねえ。一枚四、五文の読売を売って生計を立てているんだ。この酔いどれ話の先はよ、六文払って親方に読んでもらいねえ」

「よし、三枚買った、ほら蔵」

職人が巾着を開けたのをきっかけに見る見る空蔵の読売が売れていった。

そんな間にも小籐次と駿太郎は黙々と足袋問屋の京屋喜平の道具の研ぎ仕事を続けていた。

その前に公事かなにかで在所から江戸に出てきた風の二人連れの旅人が立ち、

「おめえ様が有名な酔いどれ小籐次様だね」

と小籐次に恐る恐る尋ねた。

「有名かどうか研ぎ屋の爺には関わりなきことだが、赤目小籐次はわしでござる」

「ほうほう、やっぱりね。なかなか味のあるもくず蟹顔だべ」

「それはどうも、褒められたのか貶されたのか分からぬが礼を申しておこう」

「赤目様よ、国への土産におまえ様の読売を買っただよ」

「わしが、有り難いと礼を述べるのも妙じゃな」

「すまねえがこの読売におまえ様の名を認めてくれまいか、土産に箔がつくだよ」

「なに、空蔵の読売にわしの名を書けじゃと。長いこと久慈屋さんの店先で商いをさせてもらっているが、初めての頼みだな」

小籐次が困った顔をした。

その問答を聞いていた大番頭の観右衛門が国三に筆と硯を持たせた。その国三が、

「赤目様、何事も最初はあると大番頭さんが申しておられます」

と小籐次に差し出した。

小籐次が帳場格子を振り向くと観右衛門が大きく頷いていた。

「大番頭さんも承知のようにわしはかな釘流ですぞ」

「いえいえ、お顔同様なかなか味のある書体です」

と観右衛門が嘯けた。

小籐次は困惑の体で研ぎ場の前の二人に視線を戻すと、なんと六人ほどの行列に増えていた。

「これは魂消た。わしは人数分の恥を書くか。いいか、皆の衆、赤目小籐次はもと大名家下屋敷の厩番でな、かな釘流のひどい字じゃぞ、それでようござるか」

「かまわねえだ。酔いどれ小籐次様の署名があるとないではよ、公事の沙汰にも関わってこようでな」

と読売を差し出された小籐次は洗い桶の水で手を清め、手拭いで拭うと国三が硯に浸した筆を差し出し、

「空蔵さんの読売に赤目小籐次様が署名をなされます」

と大声で芝口橋に向って喚いた。

「な、なに、ほら蔵の読売に酔いどれ様が名を入れるとな。よし、おれも並ぼう」

「わすが先だよ、貧乏長屋の兄さんよ」

と空蔵から読売を買った客がぞろぞろと河岸道に集まってきた。こうなると小籐次も覚悟するしかない。

駿太郎が研ぎ場の洗い桶をどかして、

「最初のお方、私に読売を渡して下さい、父に一枚ずつ取り次ぎます」

と一枚目を小籐次に渡した。

うーむ

と唸った小籐次は駿太郎から読売を受取り、

「酔いどれ小籐次こと赤目小籐次」

と認めた。

「おお、かな釘流ではねえだよ、堂々とした書体ではねえか。で、お代はいくらだね、酔いどれ様」

「わしは研ぎ屋爺じゃぞ。名を書いたくらいで銭が頂けるものか」

「なに、無料だか。もう少し読売を買っておけばよかったな」

「一人一枚で十分じゃ」

研ぎ仕事を中断した小籐次と駿太郎親子に国三が手伝い、次から次へと差し出される読売に筆で名を記した。そんな作業が四半刻も続いた。ようやく終わった

とき、ふと後ろを振り向くと久慈屋の店の上り框に腰を下ろした空蔵が美味そうに茶を喫していたが、

「この手があったか。こうなると酔いどれ小籐次様の署名入り読売は十文、いや、二十文でも売れるな」

と抜かした。

「空蔵、わしはそなたの手下ではないぞ。こたびの一件は過日のことがあったゆえ、そのほうに立ち会わせたのだ。かようなことがこの次もあると思うでない」

「分かっているって。大したネタでもないものがよ、酔いどれ様の名で売れる。署名まで入れてくれるなら、売り上げの五分は渡してもよいがな」

「空蔵、そのほうの素っ首次直で斬り飛ばそうか」

と小籐次が沈んだ声音で洩らしながら、じろりと睨むと、

「おっと、酔いどれ様を怒らしてしまったよ。かようなときは退散退散、次は日本橋で大勝負だ」

と言い残した空蔵が小籐次の前からさっさと姿を消した。

すると空蔵に代わり、南町奉行所の定廻り同心近藤精兵衛と難波橋の秀次親分が立ち現れた。

「空蔵め、慌てて飛び出してきましたが、赤目様になんぞ叱られることを仕出かしましたかな」

近藤同心がだれとはなく尋ね、

「いえね、私もつい悪乗りいたしましてな、赤目様を不快にさせてしまいました」

と前置きした観右衛門が事情を説明した。

「ほう、空蔵の読売に赤目様の署名がな、これは読売を買った客は喜びましょうな。いえ、空蔵の片棒を担ぐ気はありませんが、さような手がございましたか」

と感嘆した。

「赤目様、駿太郎さん、いささかいつもより早うございますが、台所で一服しましょうかな」

と観右衛門が気分を変えることを提案し、一同はいつものように台所に場を移した。

近藤同心と秀次は、昨日、桃井道場門前で小籐次に来島水軍流の竿突きで堀に突き飛ばされた大蔵内山門隠士のその後を知らせにきたのだ。

広い板の間の一角に観右衛門と小籐次、近藤同心と秀次親分の四人が座り、駿太郎は少し離れた場にお鈴から茶菓を供された。

「今日の赤目様はご機嫌がわるいようね」

「お鈴さん、存外父上は機嫌のよい折にあのような顔をされます。いつもにこにこしていると読売屋空蔵さんのえじきになるそうです」

「あら、江戸には赤目様より怖い人がいるの」

「はい、空蔵さんもその一人です」

と駿太郎が笑った。

一方、小籐次ら四人の席では近藤同心が説明を始めていた。

「赤目様と立ち合った大蔵内山門隠士は、肥前長崎の生まれと言うておりますが、長崎会所の用心棒のような仕事で食いつなぎ、剣術の腕を磨いたようです。長崎は幕府の直轄領、異人も到来しますで、福岡藩黒田家と佐賀藩鍋島家の武官たちが年ごとに千人番所に詰め、腕を競っています。大蔵内はさような御番衆を相手に腕を磨いたと思います。だれに唆(そその)かされたか、江戸で名を揚げれば天下の武芸者として通用するというので、長崎から道場破りのようなことを繰り返しながら江戸に参ったようです。大蔵内は笹村守善道場のあと、通旅籠町に投宿しておるときに、たれぞに北辰一刀流の千葉道場、斎藤弥九郎道場、鏡心明智流の桃井道場が江戸でも名高い道場と聞いたゆえ、まずはアサリ河岸の桃井道場に目をつけたようです。されどこちらには赤目小籐次様が待ち構えておられた」

「近藤どの、わしは偶々研ぎ仕事をしていてな、話の成行きから桃井先生の前座を務める羽目に墜ちたのだ。桃井先生に大変な失礼を働き、恐縮しておる」

「そう聞いておきますか」

と応じた近藤同心が、

「赤目様が手加減されましたでな、大蔵内は喉を潰して声がしばらく出ない程度で済みました。それにしても声が出ないので、聞き出すのに苦労しました」

「それは手間をかけ申したな。前座とは申せ、わしとの立ち合いは尋常勝負ゆえ、格別大蔵内どのに罪咎があるわけではなかろう」

「それはございますまい。ただし笹村道場の立ち合いでは、あの枇杷の径の太い木刀で笹村守善どのを殴り殺しております。南町奉行所では今後立ち合う折は竹刀でなせと叱り、放免しました」

と大蔵内のあと始末の報告を終えた。

「まあ、こたびの一件、赤目様は空蔵に花を持たせる心積もりでなされたことと、わっしは推察しています。大蔵内も年寄り爺様と侮ったのが不覚と悔やんでおりました。そこでな、赤目小籐次様の数多の武勲をわっしらが話して聞かせると、『赤目小籐次の評判はほんとのことであったか、未だ大蔵内山門隠士の武芸ならず』といささか気落ちした体でございましたぞ」

「親分、ご苦労であったな。で、あの者、江戸で暮していくつもりかな」

「まだ喉を潰されて声もまともに出ませんで、まずは治療を続けるようです。まあ、大蔵内にはいい薬になったというべきでしょうな。笹村道場は笹村守善先生の身内と門弟に返す、道場には未練はないというておりました」

「それはなにより、これで一件落着かな」

「と、思いますがな」

と秀次親分が報告して、ずっと沈黙して近藤同心と秀次の話を聞いていた観右衛門が、

「なんとなくですが、そのお方、喉が治った折に新たなことをやらかすような気がします」

と言った。

「赤目小籐次様は鬼門というておりましたで、赤目様に再度立ち合いを願うことはないでしょう。となると約定通り北辰一刀流の千葉道場に押しかけますかな」

と秀次が観右衛門の話に乗ったか、言い添えた。

「私は紙問屋の番頭ですからな、なんともいえませんが話がこれで終わるとは思えないのでございますよ」

と観右衛門が応じたとき、蒸かし饅頭を食べ終えた駿太郎が、

「父上、もうひと仕事致しますか」

と小籐次に声をかけた。

「おお、区切りをつけんとな」

と赤目親子が立ち上がり、

「ご馳走様でした」

と駿太郎がまず研ぎ場に戻っていった。とそこにおしんの姿があった。

「おしんさんだ。お鈴さんの様子を見に来られましたか」

「違うわよ。わが主の正室久子様が二日後に望外川荘をお訪ねになるでしょう。だからその前に、望外川荘になにか差し障りが生じてはないか確かめに来たのです」

「明後日の心算(つもり)で母上は仕度をしております」

駿太郎がいうところに小籐次らがぞろぞろと店先に姿を現した。

「赤目様、また読売のタネを供されたようですね。日本橋界隈で空蔵さんの張り切った声が響いていましたよ」

「大した話ではござらぬ」

「そうでしょうか、酔いどれネタの売れ行きは相変わらず上々と満足げでした」

どうやらおしんは空蔵と話した様子だ。

「借りは返したでな、もはや空蔵さんに気兼ねをする要はない」

と小籐次が言い、駿太郎が、

「父上、おしんさんは青山様の奥方様が明後日須崎村を訪ねることに差し障りはないかと、念押しにこられたのです」

と説明した。

「おりょうはその積りでおる。こたびの一件は女衆の集い、われら父子は関わりあるまい」

「ところが奥方の久子様は酔いどれ小籐次様とおりょう様がごいっしょのところがよいと願われております」

「なに、われらも望外川荘に詰めておらぬといかぬか」

「出来ることならば久子様の夢を叶えて下さいまし」

「老中の奥方様はわしのもくず蟹を踏み潰したような顔が見たいと仰るか。このたびは『鼠草紙』の鑑賞をされるだけと思うたのだがのう」

「望外川荘の主夫婦は一対でなければなりません」

「ふーむ、権頭(ごんのかみ)とお姫様が主人役と思うたが、駿太郎、われらにも接待役が回ってきたぞ」

「父上、丹波篠山では私どもあれこれとお世話になりました。母上一人に接待役を願うより父上がおられたほうが」

「よいか」

「それはもう」

とおしんが答えるところにお鈴が顔出しした。

「おしん従姉、いらっしゃい」

おしんはなんとなくお鈴の顔に生気がないのを見て取った。

「お鈴、しっかりとご奉公しているでしょうね」

「はい」

と応じたお鈴の返事はいつもの元気がなく、江戸の繁華な雰囲気に飲み込まれたな、とおしんは感じた。

「おしんさん、奥方様は大勢で須崎村に参られますか」

駿太郎が尋ねた。

「いえ、出来るだけ少人数でお邪魔したいと申されておりました」

「ならばお鈴さんもその日望外川荘に来ていただいて、接待方の一人として母を手伝ってもらうことはできませんでしょうか」

駿太郎が昌右衛門に願った。

「おお、駿太郎さん、それはよい考えです。閑静な須崎村から賑やかな芝口橋のうちにきてお鈴もいささか疲れが見えるようです。久子様をおもてなしする日に丹波篠山の御城に行儀見習いの奉公をしていたお鈴がいれば、奥方様も安心なされましょう」

と即座に昌右衛門が許しを与えた。

ぱあっ

とお鈴の顔に喜びが走った。

二

翌日の七つの刻限、小籐次と駿太郎親子は久慈屋からお鈴を、さらに新兵衛長屋からお夕を小舟に乗せて、築地川から内海に出ることなく三十間堀から八丁堀の西側を抜けて楓川、日本橋川から大川へと出る水路伝いに須崎村へと向かうことになった。小舟に四人が乗ったので波のある内海を避けてのことだ。

舟中、お鈴が堀沿いの江戸の町並みに視線をやりながら好奇心いっぱいに堀端の店や棕櫚箒を売り歩く男たちを見詰めていた。

「お鈴さん、見あきないの」

とお夕が聞いた。

「見あきるなんて決してないわ。一年いても江戸にあきることはないと思う」

とお鈴が応じた。

「篠山と比べると江戸はにぎやかですよね」

櫓を鮮やかに使いながら篠山を知る駿太郎が応じた。

「赤目様一家は篠山に秋に来られて本式な冬が到来する前に江戸へお帰りでした

よね、駿太郎さん」

「お鈴さんもいっしょにね」

駿太郎の指摘に頷いたお鈴が、

「篠山の冬は話に聞く陸奥の国ほど雪は積もらないと思うけど暗くて寂しいの。わたし、よくこの歳まで冬の篠山に我慢して暮してきたなと思うわ。江戸は春夏秋冬賑やかなんでしょうね。まるで毎日お祭りが続いているようよ」

「お鈴さん、望外川荘や久慈屋さんの暮らしは江戸でも格別な人たちの暮らしよ。娘や孫の顔も覚えていない爺ちゃんといっしょに長屋で暮してご覧なさい、感じがまるで違うわよ」

とお夕が反論した。

「そうね、お夕さんはよく頑張っているわ、年上のわたしが見倣わなきゃあと思うほどよ。錺職の親父様のお弟子さんの合間に新兵衛さんの世話よね、わたしには到底できない、頭が下がる」

と正直な気持ちを吐露した。

「お鈴さん、確かに爺ちゃんの世話は大変と思うときがある。でも、長屋の人たちみんなが手助けしてくれるの。赤目様や駿太郎さんもね。久慈屋の長屋だからよ、他の長屋だったら、私たちとっくに追い出されていると思うわ」

お夕の言葉にお鈴がしばし沈黙した。

小籐次は三人の問答に口を挟まなかった。お鈴の言動に迷いがあることに気付いていた。

お鈴の実家は篠山城下の老舗の旅籠だ、その旅籠の客は城に関わる武家方や京から商いにきた上客ばかりだ。そんな一家に育ったお鈴は篠山城に行儀見習いに出たとはいえ、生計（たつき）を立てるための「奉公」ではない。嫁入りの折、御城での行儀見習いは「箔」がつくことだった。そんなお鈴にとって久慈屋の奉公は、初めての経験だ。

久慈屋の一家も奉公人も赤目小籐次一家と昵懇の付き合いをしてお鈴の出も人柄も知れていた。ゆえに並みの女衆の奉公より大事に扱われていた。とはいえ奥向きの女衆となると、そう容易いことではない。

お鈴が初めて経験することも多々あったろう。そんな折、どう対応していいか、悩んでいることがあると小籐次には思えた。久慈屋に自ら決断して奉公してみたが、お鈴は最初の壁に直面していることを小籐次も駿太郎もお夕も承知していた。

「お鈴さん、年下のわたしがいうのを怒らないで聞いて下さいますか」

とお夕が遠慮げに言った。

「もちろんよ、だって年下とはいえお夕さんはもっと厳しい環境のなかで何年も前から修業してきたのよ。私にとってお夕さんの言葉は大いにためになると思うわ」

「ならば申し上げます。お鈴さんはよくやっています。でも」

と言いかけたお夕が間を置いた。

「お夕姉ちゃん、言いたいことは最後までいったほうがいいよ」

駿太郎がお夕に助言した。その言葉に頷いたお夕が、

「お鈴さんは初めて奉公に出たのよ、それも未だ慣れない江戸でね、だから戸惑って当然よ。私の考えは当たっていないかもしれないけど、篠山での行儀見習いは奉公ではないわ、自分のためよね。この江戸での奉公は奉公先のお店に役にたつことよ。そのお蔭で給金がもらえるの」

お夕の言葉にお鈴が考え込み、

「わたし、給金のことなど考えなかった」

「そこよ、お鈴さん。江戸の奉公人の多くは関八州の在所から給金を稼ぎにきているの。だから奉公先で小僧から手代、手代さんから見習番頭に一つでも出世し

て給金を一文でも多くもらえるように頑張っているの。それはその人が奉公を辞めるとき、頂戴する給金の高に大いに関わりがあるからよ。お鈴さんは、在所から江戸に出てきた者や裏長屋住いから奉公を始める人たちとは違うわ。江戸の日々を過ごしたいから久慈屋さんに奉公という形をとったのよね、お鈴さんも自分で言ったけど、給金はさほど大事と思っていない。そのへんに奉公に対する考え違いがあるのかもしれない。それで戸惑っているのではないかと思ったの、生意気言ってごめんね」

お夕の言葉は険しくも優しかった。お鈴にはお夕の言葉が、

がつん

と胸に響いて直ぐには返答ができなかった。

駿太郎はお夕のいうことがよくわかった。

お夕は、父親であり師匠の桂三郎に仕えて錺職を修業していた。娘と弟子の二つの立場を使い分けるのに慣れるまで、お夕は長いこと悩み苦しんできたのだ。そんなお夕の言葉はお鈴にとって万金に値する言葉であり、険しいものだった。

好きな錺職人になるという夢のために父親である師匠のもとで頑張っていた。そ

駿太郎も、お鈴は出自ゆえに久慈屋の奉公に戸惑いを感じているのではないか、

と漠然と思っていた。

長い沈黙が小舟に続いた。

駿太郎も口を挟まず小籐次も口出ししなかった。

お夕の言葉をどう聞き、胸に納めたか、そこにお鈴の今後がかかっていた。

沈黙を載せたまま日本橋川に出た小舟のなかでお鈴が声を絞り出した。

「わたし、甘え過ぎていたのね。久慈屋さんにも赤目様一家にも」

「お鈴さん、勘違いしないでね。私もお鈴さんも一様の奉公ではないわ。私は父親のもとで錺職の修業、お鈴さんは江戸の大店で奥勤め、奉公する人が百人いれば百とおりの奉公の仕方があっていいと思わない。お鈴さん、あまり考え過ぎないで、大らかに久慈屋さんの奥勤めをするので、いいんじゃないかしら」

とお夕が言った。

「それでいいの」

「いいと思う。私がお鈴さんになれるわけではない。反対にお鈴さんが私になれるわけもないもの」

とお夕が無言の小籐次を見た。

しばし間を置いた小籐次が、

「お鈴、夕の言葉が分かったかな、それとも反感を感じたかな」

「赤目様、お夕さんの言葉は私の胸に突き刺さりました。赤目様、お夕さん、駿太郎さん、もう少し鈴に時を貸して下さい。お願い申します」

とお鈴が願った。

「悩め、苦しめ。夕は父親の桂三郎さんのもとで、どれほど苦悩してきたか。こんどはそなたが自分のためでなく、奉公先にどれほど役に立っているか、喜ばれたかを考える番じゃ。そのことはな、そなたの先行きに決して悪いことではないでな」

「はい」

とお鈴が答え、

「赤目様、本日、皆さんといっしょに望外川荘に参ってよかったのでしょうか」

と質した。

お夕はもはや言葉を重ねようとはせず、小籐次は駿太郎を見た。

「お鈴さんは篠山藩の行儀見習いを勤めていたのです。殿様の奥方様が望外川荘に見えるとき、お鈴さんがおられるのは自然なことだし、当然のつとめでしょう。篠山のことを全くしらない奥方様にはおしんさんやお鈴さんがそこに居ることがどれほど安心か。このことも久慈屋に勤める者の『奉公』のひとつと考えたらどうでしょう」

駿太郎が言い切り、父に尋ねた。

「父上、それではなりませんか」

「最前夕がいうたな、百人いれば百とおりの奉公の仕方があってよいとな。お店奉公に入ると、先輩衆がこうしろああしろと教えてくれよう。それはそれで大事なことだ、しっかりと聞きおくとよい。だが、奉公はそれだけではない。夕らしい修業、お鈴らしい奉公を目指して勤めることだ。人はそれぞれ考えも生き方も違うのだからな。ただ今のお鈴は久慈屋のやり方に必死で自分を合わせようとして、迷うているようじゃ。久慈屋は大店じゃ、いろいろな男衆、女衆が働いておる。そんな中でお鈴はどうすればお鈴らしく久慈屋のためになる奉公ができるかを考えよ」

はい、と返事をしたお鈴が、

「ありがとう、お夕さん」

とお夕に礼を述べた。

そのとき、小舟は大川に出て最後の行程を須崎村に向って急いでいた。

次の日、朝から望外川荘では老中青山忠裕の正室久子を迎えるために屋敷内外の掃除が行われていた。お梅、お夕、お鈴の三人の娘たちが立ち働いていた。

小籐次と駿太郎は、掃除の邪魔にならぬように庭の一角に研ぎ場を設けて足袋問屋の京屋喜平方の道具の手入れをしていた。その傍らにはクロスケとシロの二匹の犬たちが春の陽射しを浴びて寝ていた。

昨夕、夕餉の折に駿太郎はおりょうから浅草広小路の門前町に鰻のかば焼きを取りに行くように命じられていた。

昨日の昼間、おしんが望外川荘を訪れて最後の打ち合わせをした。その折、おりょうはおしんに、

「奥方様に昼餉になにを用意すればよいかしら」

と尋ねていた。

「奥方様は江戸藩邸から滅多にお出になることがございません。明日の望外川荘行きを大変楽しみにしておられます。おりょう様方は昨年の冬でしたか、私もあれこれと考えました。昼餉になにがよろしいか、浅草で鰻を食されたと伺いましたが、久子様はおそらく鰻のかば焼きなど召しあがったことはございますまい。

もしそれでよければ私がこの帰りに鰻屋に立ち寄って注文しておきましょうか」

「ならば駿太郎に明日の昼前取りにいかせましょう」

とおりょうとおしんの間で昼餉を鰻にすることが決っていた。その話を聞いた小籐次は、

「公方様や老中青山様方は竹藪蕎麦の山菜てんぷらと蕎麦であったな。奥方様はやはり鰻など珍しかろう」

おしんとおりょうの決めた昼餉に賛意を示していた。

「父上、われらは研ぎ仕事をしておればようございますか」

「奥方様にはおりょうら女衆同士で和気藹々とやるのがよかろう。本日は、われらの出番はなしだ」

と応じたとき、むっくりとクロスケとシロが起き上がり、船着場に走っていった。

「奥方様方のご到着にはいささか早いですね」

「おしんさんかのう」

というところに二匹の犬に案内されておしんが姿を見せた。

「赤目様、本日は宜しくお付き合いのほどお願い申します」

「なんのことがあろうか。それより奥方様が望外川荘の来訪を喜んでくださるとよいがのう」

「それはもう、きっとお慶びになります。なにしろ接待方が天下の酔いどれ小籐次様と歌人のおりょう様でございますからね」

「奥方様は研ぎ屋爺のことなどご存じあるまい」

「それが私以上にご存じでございます。女中衆のなかには読売で知った酔いどれ様の武勲を奥様に告げる者がおるようで、本日ご当人に会ったのちに久慈屋を訪ね、赤目父子の紙人形を見たいと申しておられます」

「なに、われらの紙人形も承知か」

と小籐次はいささか驚いた。

「父上、少し早いですが、浅草の鰻屋にとりに言ってきます」

と下地研ぎの区切りのところで駿太郎が立ち上がった。するとまたクロスケとシロがそわそわとして船着場へと目を向けた。

「奥方様ご一行かのう」

「いささか早うございますね」

「いえ、どうやらそのようでございます」

とおしんが言った。

駿太郎は母屋の仕度を終えたおりょうに久子一行の到着を知らせに行った。

「それは大変」

と言いながらもおりょうは、

「お鈴、私に従いなされ」

と命じた。

湧水池にさほど大きくもない屋形船が姿を見せた。舳先(へさき)には中田新八の姿があって、船着場へと導いていた。

船着場に赤目小籐次とおりょうの夫婦に駿太郎、それにおしんとお鈴の二人が出迎えていた。

「奥方様、須崎村の望外川荘に到着致しましてございます」

と新八が声をかけると屋形船の障子が開かれ、老中青山忠裕の正室久子の笑顔が覗いた。

「奥方様、ようこそ望外川荘にお出で下さりました。赤目家一同、奥方様のお出でを歓迎申し上げます」

とおりょうが腰を折って声をかけた。

「おりょう様ですね、久子にございます。本日は青山家所蔵の『鼠草紙』の写しを拝見するのを楽しみにして参りました」

と女同士が声を掛け合い、屋形船が船着場に接舷した。

駿太郎はおしんに従い、久子が船着場に上がる手伝いをと思い、控えた。するとクロスケとシロも一緒に駿太郎の傍らに控えた。

「クロスケ、シロ、吠えてはならぬぞ。奥方様を驚かすような真似をしてはならん」

と命じると二匹の犬がきちんとお座りをして久子の上陸を待った。

「奥方様、お手を」

とおしんが手を差し伸べ、反対側に駿太郎が控えた。

「駿太郎どの、久しぶりですね。また一段と背が伸びましたね。若武者姿も凜々しゅうなりました」

と駿太郎に手を差し出した。

おしんと駿太郎に手をとられて船着場に上がった久子が、

「江戸にもかように長閑なところがございますか」

と感嘆の表情で辺りを見回した。

「奥方様、ようこそ望外川荘にお出まし頂きましたな。赤目小籐次、感激の一語にございます」

「果報者の赤目小籐次どのですね。江戸を賑やかす武勇の士と見目麗しい歌人の夫婦、世間の噂と違うて似合いのお二人です」

「奥方様、果報者とのお言葉はこの小籐次甘んじてお受け致しますがな、りょうと似合いかどうか、なにしろそれがしもくず蟹を踏みつぶしたような大顔の爺でございますでな、世辞にも素直に受けとめられませぬな」

と大真面目な小籐次の言葉に久子に従ってきた奥向きの御女中衆三人が口を慌てて塞いだが笑い声が洩れた。

「これ、失礼にございましょうぞ、天下無双の武人に向って笑うなど」

と答えながら久子も笑っていた。

「奥方様、望外川荘の身内三人、昨年には篠山を訪問致し、大変楽しい日々を過ごさせてもらいました。お礼を申しますぞ」

小籐次が感謝の言葉を述べた。

「赤目どの、おしんから話は聞かせてもらいました。本日はそなた方の口からわが殿のご領地の話を聞かせて下され」

「時の許すかぎり、ごゆるりとお過ごし下され。お相手はりょうが致しますでな、女衆同士、気兼ねなく殿や年寄り爺の悪口などを言い合うてくだされ」

と小籐次が船着場の話を締めた。

そのとき、久子に従う御女中の一人が、

「そなた、河原篠山の鈴ではございませぬか」

とお鈴に質した。

「はい、お菊様、私、お城に行儀見習いに出ていた鈴にございます」

「どうした、菊」

と久子が質した。

「奥方様、申し上げます」

おしんが従妹お鈴が望外川荘にいる経緯を語り聞かせた。そして、菊が数年前まで篠山城の奥向きの御女中を勤めていたことを一同に告げた。

「そうでした、そうでした。望外川荘には篠山城に行儀見習いに出ていた町人の娘がおることを迂闊にも忘れておりました」

と久子が言い、

「久子様、私がうろ覚えの『鼠草紙』をなんとか描き終えたのはお鈴さんが傍らで手助けしてくれたからにございます」

とおりょうが言い添えた。

「なんと、殿ばかりか望外川荘と青山家は深い縁に結ばれておるのですね。なんとも楽しい一日になりそうです」

と久子が言い、おりょうが久子一行を望外川荘へと案内していった。

三

駿太郎に中田新八が伴い、小舟で吾妻橋西詰の船着場に向かった。駿太郎はその場に屯（たむろ）していた船頭衆に、

「少しの間だけ舟を止めさせて下さい」

と願った。

「おお、酔いどれ様の息子さんかえ。いいぜ、おれたちが見ているよ」

「なんぞ、使いか、駿太郎さんよ」

浅草寺門前で二度にわたり、掏摸（すり）を摑まえたことのある駿太郎の顔を見覚えていたか、名まで呼んで引き受けてくれた。

広小路の馴染の鰻屋も駿太郎の顔を記憶していたらしく、

「望外川荘に客人だそうで。しばらく茶を飲んで待って下さいな。注文の品はほぼ出来上がっていますからね」

と応じてくれた。

「母上から代金を預かってきました」

「駿太郎さんよ、昨日注文した女衆がすでに払っていかれたぜ」

「えっ、おしんさんがお払いになりましたか。困ったな」

駿太郎はおしんに先を越されて困惑の顔をした。

「駿太郎さん、客人はわが奥方様一行です。赤目様のところにそうそう負担をかけたくないとおしんさんが払っていかれたのでしょう。気にすることはありませんよ」

と新八が供された茶を小上りに座して喫し始めた。

「本日の望外川荘の訪問を奥方様がどれほど楽しみになされていたか、駿太郎さんはお分かりになりますまいね。殿のような立場とは違い、奥方様は勝手気ままに屋敷の外に出ることも叶いません。屋敷内だけで過ごされるのですから、お可哀そうでございます」

「大名家の奥方や嫡子様方は江戸を離れてはならぬそうですね。駿太郎は父上と母上の子でよかったです」

駿太郎が真剣な顔つきで言った。

「仰るとおり、武家の奥方様はなにかと習わしや法度に縛られておられますからね、大奥でもおりょう様の来訪を楽しみになさっていると聞いております」

「新八さんやおしんさんは同じ武家奉公でもいささか気楽なお役目でしょうか、父のような研ぎ屋に付き合ってくれます」

「いかにもさよう。天下の酔いどれ小籐次様にお付き合い頂けるのがどれほどわれらにとって、貴重なことか、駿太郎さんにはご理解できますまい。まあ、われらのような仕事は武家奉公のようであってそうではない。半端武家奉公にして半端町人、ヌエのような存在ですからね」

と新八が望外川荘を離れて気楽な顔で言った。

「奥方様は今ごろ母の描いた『鼠草紙』をご覧になっておられましょうね。気に入って頂けるとよいのですが」

「駿太郎さん、奥方様は話にしか知らなかった篠山藩の宝物の御伽草紙を必ずや楽しんでおられます」

と新八が推量で言ったとき、久子と付添いの奥女中衆三人は、おりょうの想像を加えて描き上げた望外川荘おりょう版『鼠草紙』にじいっと見入っていた。

久子はおりょうの朗読を聞きながら、ひたすら無言で権頭のお姫様への思慕と悲恋に終わる恋物語に蠱惑されていた。

長い絵巻物語をおりょうの朗読と説明つきで、およそ半刻をかけて見終わった久子が、

「ふっ」

と思わず溜息を洩らした。

「久子様、『鼠草紙』はお気にめしませんか」

と笑みの顔でおりょうは尋ねた。

しばし返答に間を置いた久子が、

「わが篠山藩青山家にかような御伽草紙があることを、その昔姑様より聞かされておりました。されどその折は、嫁入道具の一つとしか考えもしませんでした。それをおりょう様の朗読の声に聞きほれ、絵の世界に没頭して声一つ上げることができませんでした。かような絵巻物を青山の家は所蔵していたのですね。青山家に嫁いだ私が歌人のおりょう様によって知らされる、なんとも恥ずかしいかぎ

りでございました。それにしてもなんと贅沢な時を私どもは過ごしたのでございましょう」

と感嘆の体で言った。

その声音におしんは久子の正直な感想だと思った。おしんにとっても、おりょうの『鼠草紙』を初めて見る機会だった。おりょうが、

「絵は素人ゆえ苦労をしている」

と洩らす言葉は聞いていたが、

（一芸に秀でた人は多芸に通ず）

と優しさに溢れているおりょうの絵にただ感激の一語であった。

そのとき、おりょうが、

「久子様、最初にもお断りいたしましたが、ただ今ご覧になった『鼠草紙』は、あくまで篠山藩のお蔵に秘蔵された真正の『鼠草紙』の写しにございます。本物は、私がお鈴さんの助けをかりて模写したものとは比べ物にならぬほど素晴らしいものにございました」

と言い添えた。すると久子がちらりとおりょうを手伝ったというお鈴を見た。お鈴が久子の眼差しを見てどうしてよいか戸惑った。

「お鈴さん、そなたの感想を久子様に正直にお伝えなされ」

とおりょうが許しを与えた。

おりょうに首肯したお鈴が久子に眼差しを向け、

「奥方様、篠山にある『鼠草紙』とここにある望外川荘の『鼠草紙』はおりょう様が申されるように別物でございます。されど甲乙をつける話ではございません。歌人のおりょう様がこの数月呻吟（しんぎん）しながら再現なさった『鼠草紙』は、一段と華やかな中にも権頭の悲恋を描ききっていると思っております」

お鈴の素直な返答に久子が大きく頷き、

「私は幸せ者ですね、篠山に秘蔵されてきた『鼠草紙』ではのうて、赤目りょう様の描かれた『鼠草紙』の浮世を歌人のおりょう様のお声つきでだれよりも先に堪能したのですからね」

とようやく『鼠草紙』に集中していた気持ちを和ませて応じた。

「有り難いご感想にりょうは感激致しました。久子様、お尋ね致します。過日、公方様より大奥にて『鼠草紙』を披露せよと命じられております。大奥の女性方（にょしょう）に喜んでいただけましょうか」

おりょうの問いに久子はしばし間を置いた。

「おりょう様、私は一大名の妻にございます。法度により江戸の外へは旅することすらできません。ですが、かように須崎村の望外川荘を訪ねることはできます。一方大奥に暮しておられる御台様はじめ多くの女性方は、好きな折に大奥から出ることも適いますまい。さような女衆はおりょう様がその声音で語られる『鼠草紙』の物語と絵にきっと感激なされましょう。感動に今もうち震えている久子が請け合いますよ」

久子の言葉におりょうが頭を下げて安堵の態度を示した。

小籐次は、庭の一角に研ぎ場を設けて京屋喜平方の道具の手入れをしていたが、この数月、おりょうが画房に使っていた座敷から女たちの笑い声が聞こえてきたので、

（ははあ、どうやら『鼠草紙』の鑑賞の集いは終わったか）

と思った。

（そろそろ新八どのと駿太郎が戻ってきてもよいな）

と思っていると、がばっ、と小籐次の傍らに伏せていたクロスケとシロが立ち上がり、船着場に走っていった。

「やはり二人が戻って参ったか」

男二人に二匹の犬がまとわりついて姿を見せた。

「クロスケ、シロ、そなたらの食い物ではない。青山の奥方様方、女衆の馳走じゃからな」

駿太郎が二匹の愛犬に注意した。

「ご苦労であったな、新八どの」

と小籐次が研ぎの手を止めて新八に言った。

「父上、鰻のお代、おしんさんが昨日のうちにお支払いになったそうです」

「なに、おしんさんに気を使わせたか。相済まぬことであったな、新八どの」

「なにを申されます。こたびの客人はわが奥方様でござればその程度のことは」

「本日は女衆の集いゆえな、『鼠草紙』と同じように鰻が口に合うとよろしいがな」

「赤目様、まず感激なされましょうな、おしんさんとも話しましたが、奥方様が鰻のかば焼きを食するなど初めてのことでございましょう」

と新八が応じたとき、縁側にお梅が姿を見せて、

「ご苦労様でした」

と手を振って迎えた。

新八と駿太郎はお梅へと十人前の鰻のかば焼きを渡した。お梅がすでに仕度の出来ていた座敷で二人が運んできた風呂敷包みを解いた。するとおしんとお鈴が画房から姿を見せて、宴の用意を始めた。

「駿太郎さん、酔いどれ様は宴に出ないお積り」

「父上は、女衆の集いと言うておりました」

「それはダメよ。望外川荘に招かれたとなれば、酔いどれ様とおりょう様が接待役よ、父上に、そう申し上げて。なにがあってもいいように鰻は十人前頼んであったでしょ」

と言われた駿太郎は小籐次のところへと戻り、おしんの言葉を伝えた。

「なに、年寄り爺も女衆の集いに出よとな」

小籐次が見ると久子たちが縁側に出てきて、初めて嗅ぐ食べもののにおいに魅了されている様子であった。

「おりょう様、このよき香りはなんでございましょうな」

「久子様、鰻のかば焼きにございます。お屋敷では鰻は供されませぬか」

「いえ、私は食した記憶がございません」

「ならばお試しになってくださいまし」

「この宴は私どものためですか」

「はい。『鼠草紙』をご堪能頂けなかった場合、なんとかかば焼きで口直しをと考えました」

とおりょうが答えるところに駿太郎がまた走り戻ってきて、

「女衆の集いにわしが出てよいのか、と聞いてこよと父上が命じられました。おしんさんはこたびの集いの接待方は父上と母上だと申されておりますが、父上は、『わし一人が男か』と戸惑っておられます」

ふっふっふふ
とおりょうが笑い、

「天下の酔いどれ小籐次も久子様方の女衆には尻込みしておりますか」

「は、はい。鰻のかば焼きが食せるならば、父上の代わりに私が出てもよろしいですが」

駿太郎が代案を出した。

「駿太郎、そなたは未だ父上の代わりは務まりませぬ。屋形船に用人様が待機しておられましょう。用人様とわが亭主どのを呼んでおいでなされ、そうすれば、駿太郎、そなたも久子様の宴の席に呼んであげます」

「おおー」

と叫んだ駿太郎がいきなり船着場へと駆け出していった。そのあとをクロスケとシロが追いかけていった。

「わが殿から望外川荘はだれをも和ませる、上様も揚げたての山菜のてんぷらと蕎麦を食されて大満足であったとお聞きしておりましたが、その言葉の意がようやく私には分かりました。望外川荘からの景色も価千金ならば、赤目一家の持て成しも価万金にございます」

と久子がなんとも嬉しそうに微笑んだ。


望外川荘の昼餉の席に、久子と供の女衆三人に江戸藩邸の用人片山彦左衛門が加わり五人、それに接待方の小籐次一家三人におしんとお鈴が加わり、おりょうが用意していた春らしい若緑の小袖に裁着袴の小籐次が、

「久子様、本日はようも望外川荘にお出でなされました。老中屋敷や江戸藩邸に比べて、こちらは田舎家にございましてな、かた苦しい作法とは無縁にございます。どうか好き勝手に話をなし、飲み食いされますと、接待役のわれらも大満足

にございます」

　と改めて挨拶すると久子が、

「赤目様がこの場におられるとおられぬでは、雰囲気がまるで違います。最前から鰻のよい香りがしておりますが、頂く前に一つだけお願いがございます」

　と言った。すると屋形船に積んであったか、丹波篠山の杜氏（とじ）が造った四斗樽（しとだる）を新八らが二人がかりで運んできた。

「久子様は、年寄り爺に酒を馳走してくださると申されるか」

「酔いどれ様の噂はあちらこちらから聞かされております。ですが、私は夢にも想像が出来ませぬ。わが殿のご領地の酒（ささ）を召しあがって下さいませぬか」

「大酒飲みなど芸のうちにも入らぬがな、久子様のご注文じゃ、新八どの、あいすまぬが一杯注いでくれぬか」

　と縁側に下ろされた四斗樽を見た。

「畏まりました」

　朱塗りの大杯も用意されていて、柄杓で五升入りの八分ほどが注がれた。

「重ねて申し上げます。久子様、ようも望外川荘にお見えになりました。さらにはおりょうが描いていた篠山藩所縁（ゆかり）の『鼠草紙』の写しが完成したとのこと、それを祝って丹波杜氏の造った美酒頂戴致そうか」

というところに新八ともう一人の家来が二人がかりで小籐次の顔の前に杯を差し出すのに両手を軽く添えて、

「新八どの、ゆっくりとな、杯を傾けて下されよ」

と願うと口を大杯に寄せた。すると馴染みの酒の香りが小籐次の鼻孔をつき、

「うう－ん、このところ大きな杯で酒を頂戴する機会がなかったな」

と独りごとを洩らしながら口を大杯の縁につけた。すると酒のほうから小籐次の喉へと流れていき、大杯がゆっくりと傾いていった。

「なんということでしょう、酒のほうから赤目様の喉へと流れ落ちていきまする」

と久子が茫然自失した。初めて小籐次の飲みっぷりを見て言葉を失った久子ら五人だった。そんな無言の座敷に、
ごくりごくり
と喉に酒が落ちる音が響いていつの間にか小籐次の顔が隠れて大杯の底と替わった。

「おりょう様、とても人間技とは思えません」

と驚きの声が洩れたとき、

はっ

という小籐次の声が座敷に響き、心得た新八が大杯を外した。するともくず蟹顔が慈顔に変わっていた。

「おりょう様が赤目様に惚れなさった理由を悟りました」

と久子が言い、おりょうが微笑みで応えた。

「父上、折角のかば焼きが冷めてしまいます」

「おおー、わしの芸無し芸で待たせたな。どうか久子様、鰻のかば焼きをお召し上がりください」

との小籐次の言葉に、

「はい」

と返事した駿太郎がだれよりも先に箸をつけた。それを見た久子が笑みの顔でかば焼きをゆっくりと食して、黙り込んだ。

「どうなされました、久子様」

「おりょう様、わが半生のなかで本日は稀有の日にございます。おりょう様の『鼠草紙』に感動し、赤目様の酒の飲みっぷりに言葉を失い、初めて食する鰻のかば焼きに唖然茫然としております。殿が望外川荘をほめそやす曰くが分かりましてございます」

と感動の言葉を吐いた。

久子は最後に不酔庵でおりょうの濃茶点前と薄茶点前の接待で長い半日を終えた。

「久子様、いつなりとも望外川荘にお立ち寄り下さいまし。わが家はいつでも久子様のお出ましをお待ちしております」

とおりょうが挨拶し、久子が、

「世間が赤目小籐次様を崇める理由がよう分かりました。そして、その陰に常におりょう様と駿太郎さんとの固い絆があることを教えられました。屋敷に戻る途次、久慈屋にて船を止め、酔いどれ様父子の紙人形を拝見してまいります」

と屋形船に乗る前に小籐次に約定した。

四

数日後のことだ。

小籐次と駿太郎は久しぶりに深川の蛤町裏河岸に小舟をつけて研ぎ仕事を始めた。角吉が野菜舟をつけて商いを始めていた。この界隈の女衆が春野菜を求めて集まっていたが、

「おやおや、珍しい親子がお出ましだよ」

竹藪蕎麦のおかみのおはるが言い、

「もはや深川蛤河岸なんて忘れたと思っていたがね、覚えていたんだね。親方に知らせてこようか」

と言い添えた。

「親方は手ぐすね引いていたからね」

と女衆が言い合った。

「皆さん、大変申し訳ありません。私ども深川を忘れたなんてことは決してございません。父と話し、本日は無料で研ぎを致します。どうかご無沙汰をお許しください」

と駿太郎が父に代わって詫びた。

「駿ちゃん、おまえさんは出来た子どもだね。親父様に代わって謝るなんて並みの子どもじゃできないよ」

とおはるが言い、

「駿太郎さんが並みの子どもじゃないって。そりゃそうだよ、見てご覧よ。背丈だって親父様を頭一つ抜いてさ、遠目には堂々とした若侍だよ。まあ、親父様があちらから頼みごとをされ、こちらから願われてのことだ。駿太郎さんの詫びを受け入れましょうよ」

と女衆が赤目親子の無沙汰を許した。そこへ竹藪蕎麦の主の美造が数本包丁を手に姿を見せて、

「駿太郎さん、研ぎを頼むぜ。親父様は当てにならないがさ、おまえさんは頼りにできるからさ」

と小籐次を横目に見ながら駿太郎に差し出した。

「親方、女衆、真にもって申し訳ない。いかにもご一統様の申されるとおり、わしがふらふらしておるゆえ、こちらばかりかどこの研ぎ場にも迷惑をかけておる。職人としてはなんとも言い訳の出来ぬ仕儀にござる。お許しくだされ」

と小籐次が駿太郎に続いて白髪頭を下げて詫びた。

「ふーん、天下の酔いどれ小籐次が頭をさげるね」

と鼻で返事をした美造親方が、

「読売に酔いどれ様が西国の道場破りと竹竿と木刀で立ち合って、ひと突きで仕留めたとあるがよ、そんな勝負は半刻もかからない話だよな。どこでどうしていたんだよ、酔いどれの旦那よ」

と長い付き合いゆえ険しい顔で迫った。

「親方、そう赤目様親子をいじめないで。どこでも頼りにされて蛤町裏河岸に来られなかったのよ。私たちが寂しい想いをした分、赤目様父子に助けられた人がいるというわけよ、許してあげて」

三歳になったばかりの万太郎の手を引いたうづが弟の角吉の手伝いに姿を見せて言った。万太郎はまた一段と大きくなっていた。

「うづさんよ、分かっているって。だがよ、時折な、びしっと言っておかないと、酔いどれの旦那は、わっしらのことを忘れてしまうからよ」

美造が口と腹とは違うと言った。それでも小籐次が、

「そんなことはござらぬ。本日よりこちらに研ぎ場を設けて真面目に仕事を致す、お許しあれ」

と乞うた。その傍らでは駿太郎がすでに研ぎ場を設えて美造親方の道具の手入れを始めていた。

「駿太郎さん、どこかの道場に入門したんでしょ。稽古はいいの」

うづが駿太郎のことを気にした。

「うづさん、本日はアサリ河岸の桃井道場の朝稽古は休みにしました。こちらで一日父上といっしょに仕事を致します」

と駿太郎がうづに応じた。

「聞いたかえ、十三の子どもがいう言葉じゃないよ。おりょう様の躾が行き届いているんだよ。それに比べて親父様は生涯ふらふら病が治りそうにないよな」

「おはるさん、そう言わないの。赤目小籐次様を頼りにしている人はお城のお偉いさんから私たちのような下々の人間まで無数にいるんだからさ。だって赤目様はそんな頼みに命を張って働いても一文の儲けにもならないのよ。私たちがすこしばかり我慢するくらいなんでもないわよ」

というづの言葉に女衆が、

「致し方ないね、うちのぼろ包丁を持ってくるよ」

と堀に長く伸びた橋板の船着場から姿を消した。

「うづさん、助かった。わしの本業は研ぎ屋ということを忘れたわけではないが、あれこれと雑事が重なってかような無様なことになり申した」

うづと美造親方だけが残っていたがその二人に言い訳の言葉を重ねた。

その間、万太郎は橋板の上を元気よく際限なく走り回って独り遊びをしていた。

「駿ちゃん、あれこれと雑事がなんだというんだよ。ここんとこ、酔いどれ様はなにをしていたんだよ、それを話しなよ」

美造親方が執拗(しつよう)に尋ねた。

「親方、赤目様にも口にできないことなのよ。ここは我慢して仕事をさせてあげて」

とうづが願い、

「姉ちゃん、触れ商いの仕度は出来ているぜ。万太郎をおいていきなよ、面倒見ているからよ」

走り疲れた万太郎を角吉が野菜舟に乗せようとした。

「うづさんや、万太郎をわしの背に負ぶわせてくれぬか」

と小籐次が願った。

「えっ、赤目様が万太郎を負ぶって仕事をするの」

「おお、駿太郎が幼き折に背におぶって研ぎ仕事をなしたことがある。幼子はな、背におぶわれて動いているほうが意外や意外満足しておるものだぞ」

小籐次が小舟から橋板に上り、うづに背を向けた。

「親方、天下の酔いどれ小籐次様にうちの万太郎を負ぶわせていいものかしら」

「うづさん、駿ちゃんのように出来のいい子どもに育つかもしれないぜ。ものは試しだ、背負わせてやりな」

と美造が万太郎を抱きとり、小籐次に負ぶわせた。

「ほう、久しぶりの幼子の感触かな。この重さ、悪くないな」

と小籐次が万太郎を背にして、ひょいと小舟に飛び下りると、
きゃっきゃっ
と背にした万太郎は笑い声を上げた。

「話のタネだね。万太郎を負ぶわせていればさ、町奉行所の役人も酔いどれ小籐次の旦那に頼み事はしまい。うづさん、さあ、野菜売りに行ってきな」

美造親方がうづに春野菜の入った竹籠を負ぶわせた。

うづと美造親方が橋板の張り出した船着場から去り、万太郎を負ぶった小籐次と駿太郎、角吉の三人だけが残された。

「父上、その恰好で真に研ぎ仕事ができますか」

「おお、そなたが赤子の折はようこの形で研ぎ仕事をしたものよ。下地研ぎの終

わった包丁を貸せ」

と小籐次は駿太郎に命じると背に万太郎を負ぶったまま、器用に研ぎ仕事を始めた。

「赤目様、上手なもんだね、おりゃ、甥をおぶって研ぎなんてできないがな」

「角吉さんや、年季が入っておるでな、十三年前はこの恰好で仕事をしたものよ」

と小籐次が万太郎の手に竹で作った風車を持たせるとくるくると回る風車がよほど面白いのか笑い声を上げていたが不意に小籐次は万太郎が重くなったのを感じた。

「ああ、気持ちよさそうに眠りこんだぜ」

と角吉が驚きの声を上げた。

「幼子はな、こうして人に背負われておるのが好きなのだ」

「須崎村に戻ったら母上に話します」

「おりょうが聞いたら喜ぼうな」

と小籐次が答えたとき、蛤町裏河岸におしんの乗る舟が姿を見せた。

「父上、おしんさんの到来です」

「うむ、なんぞあったかのう」

老中青山忠裕の正室久子が望外川荘を訪れて女たちと談笑し、『鼠草紙』を鑑賞して満足して屋敷に戻ってから二日が過ぎていた。

久子にとって望外川荘訪いはかた苦しい江戸藩邸の奥の暮らしとはまるで異なり、半日を存分に楽しんだ。そのうえ、このところ久慈屋での奉公に迷いが出ていたお鈴まで鬱々とした気分が消えて、生来のお鈴に戻ってお夕といっしょに芝口橋へと駿太郎に送られていった。それは予想外のことでおりょうも小籐次に、

「お鈴さんは最初の壁を乗り越えましたね」

と感想を洩らしたものだ。

「赤目様、お似合いでございます」

「爺が孫をおぶっておるようであろう」

「ふっふっふふ、天下の酔いどれ小籐次様とはとても思えませんが、なかなかの光景です」

とおしんが破顔した。

「おしんさん、うづさんの子の万太郎ちゃんです」

駿太郎が経緯を説明した。

「となるとこの界隈のお得意様に赤目様が責められたのは私どものせいですね。申し訳ないことをしました」

「なんの、おしんさん、駿太郎が赤子のころのな、柔らかな肌ざわりを思い出しておった」

と小籐次が言い、

「奥方様のご機嫌はどうだな」

「大変な喜びようで、次にはいつ望外川荘に行けようかと帰りの船で幾たびも私どもに尋ねられました。そのお陰で久慈屋に立ち寄って紙人形を見るのをお忘れになったほどです」

「そうか、須崎村が気に入ったか」

「いえ、なにより赤目様ご一家の人柄がお気に召したようで、『赤目小籐次様のことはおりょう様からあれこれと聞かされていたが、それ以上のご一家です』とべた褒めでございました」

「大名家の奥暮らしでは望外川荘のような気らくさはなかろう。ともかく久子様が満足なされたのであれば、われらも満足じゃ」

と応じた小籐次が、

「おお、これはいかぬ。万太郎が小便をしたようじゃ」

と小舟の上に立ち上がり、

「赤目様、この包みにおしめが入ってるよ。万太郎をおれに渡してくんな。おしめを替えるからさ」

と角吉が小籐次の背から万太郎を受取った。

「角吉さん、おしめが替えられるの」

「駿ちゃんはおしめを替えたことがないか」

「ええ、おしめを替えられたことは覚えていませんし、替えた記憶もありません」

「うちは弟や妹がいるからな、おしめを替えるなんて慣れてるんだ」

と濡れたおしめを外すと乾いた手拭いで拭い、新しいおしめにたちまち取り換えた。

「角吉さん、すごいな」

「駿太郎さん、こんなこと容易いことよ。それより赤目様、背中が濡れなかったか」

「幼子の小便だ、おしめが濡れた程度じゃ。大したことはない」

角吉におしめを替えられた万太郎を小籐次はまた背負った。小柄な小籐次が万太郎を負ぶうと爺様が孫を背負った体に見えた。

男たちのおしめ替えをする様子と小籐次がまた背中に負ぶう姿を言葉もなく見ていたおしんが、

「私、女なのに、赤目様や角吉さんのように上手に赤子の世話はできません」

とぽつんと洩らした。

「そう嘆くこともあるまい。かようなことは角吉やわしのように必要に迫られてやるものでな、格別大したことではないわ」

手に風車をもった万太郎を負った小籐次は、おしんの船に乗った。話があると思ったからだ。

「なんぞ用事かな」

「はい、おりょう様の大奥への訪いの日が弥生三月と決まりました」

「ほう、いよいよ本決まりになったか」

「殿の話を聞かれた上様が大奥に日にちを決めよと命じられたそうな。弥生の花見の日にという意見が大奥からあったそうです。この吹上の花見は上様と御台所の寔子様もお出ましになり、庭に緞子の幔幕を張り、酒と料理も出てなんとも賑やかな宴にございます。ただし」

とおしんが言い、

「花見でございますれば花の盛りは天気に左右されますゆえ、正確な日にちは数日前にならなければ決まりませぬ。そのことおりょう様にお含みおき下さいとお伝え願えますか」

「吹上の花見の日に『鼠草紙』を披露致すか」

『鼠草紙』の物語にも清水寺の桜見を描いた場面があった。だが、吹上の本物の桜にはどのようなお伽草紙も敵うまいと小籐次は案じた。大奥の奥女中の外出はまずない。ために吹上の花見などは日ごろのうっ憤を晴らす場であった。そんな場でおりょうが『鼠草紙』を物語っても聞く奥女中がいるだろうかと、小籐次は考えたのだ。

おしんもそのことを考えていたのだろう。

「赤目様、やはり大奥におりょう様が入室なさるのはどうかという考えがあったそうです。一方で上様のお口利きの『鼠草紙』の披露です。あれこれと知恵を出し合った末に吹上の花見なればおりょう様が出向いて宴に加わられてもよかろうと大奥と中奥の思惑が一致したそうです」

「大げさなことになったな」

「城中は格別に行事典礼などにうるさいところにございます。おりょう様には私が従うことになりました。必ずやご無事に須崎村までお連れ致します」

「ご苦労じゃな」

「未だ日にちもございますれば用意致すことがあればお命じ下さい」

「おりょうに聞いてみるが、もはや仕上がった『鼠草紙』に書き加えることもあるまい。ただ静かに吹上の花見の日を待つだけではないか」

と小籐次が己の考えを述べた。この話はしばらく小籐次の胸に留めておくことにした。

おしんの船が蛤町裏河岸から消えて四半刻後、南町奉行所定廻り同心近藤精兵衛と難波橋の秀次親分の二人が御用船で姿を見せた。ちょうど居合わせた美造親方が、

「酔いどれ様よ、おしんさんがいなくなったと思ったら、こんどは南町の同心と御用聞きのお出ましだぜ。偶にはがつんと一喝してよ、『ただ働きはいやじゃ。それなりの日当を決めてくれねば動かぬ』とかなんとか言えないのか」

と言い、角吉が、

「親方、それなりの日当っていくらだい」

「そりゃ、天下の赤目小籐次だ。一日一両は欲しいな」

「親方、赤目様は御救小屋に六百両とかさ、赤目様と駿ちゃんを象った紙人形で二百両が集まってよ、これも寄進したそうじゃないか。その赤目様がたった一日一両で働くのか」

「一両は安いか、ならば一両二分、いや、きりよく二両でどうだ」

と美造親方がいうところに町方同心と御用聞きの乗った船は小籐次が万太郎を負って研ぎをなす蛤町裏河岸の橋板だけの船着場に寄った。

「おや、赤目様に隠し子がおりましたかな」

近藤同心が冗談に尋ねたとき、うづが石段を小走りに下りてきた。

「ご免なさい。赤目様にうちの子を長いこと負ぶわせて申し訳ありません」

と橋板に音を立てて走り寄ると詫びた。

「なんのことがあろう。駿太郎はもはや負ぶえんでな」

と言いながらうづに背を向けて万太郎を渡した。空身になった小籐次が御用船に飛び下りた。

「久しぶりの研ぎ仕事を再開したところじゃぞ、世間になにがおころうとこれ以上の手伝いは出来ぬがのう。御目付の美造親方も睨んでおる」

にたりと笑みを浮かべた近藤同心が、

「御用ではございませぬ」

と応じた。

「ならばなにをしに参られたな」

うづも角吉も美造親方も聞き耳を立てていた。

「お知らせです、赤目様」

と難波橋の秀次親分が近藤同心に代わって答えた。

「知らせじゃと」

と小籐次が二人を見た。

「過日、アサリ河岸にて赤目様が竹竿のひと突きで堀に落とした肥前タイ捨流大蔵内山門隠士が通旅籠町の宿から姿を消しました」

「なに、親分は大蔵内どのを未だ見張っておったか」

「赤目様が手加減したせいで命をながらえましたな。ありゃ、却って恨みを募らせる恩情でございましたよ」

と珍しく難波橋の親分が小籐次の始末を非難した。

「まあ、そうかもしれぬが、二人とも見物されたとおり尋常勝負、町奉行所の出る幕はなかろう」

「はい」

と返事をした近藤同心が、

「笹村守善どのとの立ち合いも見た者はおりませぬが尋常勝負と思えます。ゆえにわれらが口出しする話ではございませぬ。されど」

と言葉をきり、

「されど、なんだな」

「通旅籠町の宿に言付けが残されておりました。曰く『赤目小籐次氏、改めて真剣勝負を致したし　大蔵内山門隠士』というものでしてな、あやつ、われらが見張っていたのを承知で喉の治療をなし、どこぞに籠って尋常勝負の修行をなす覚悟で姿を消したのです」

と知らせを告げた。

小籐次は返答の代わりに、
ふうっ

と大きな溜息を一つした。

第五章　吹上の花見

一

文政九年如月は江戸も赤目一家も穏やかな日々が続いた。

望外川荘から小籐次と駿太郎は毎日決まった刻限にクロスケとシロに見送られ隅田川を下ってアサリ河岸の桃井道場に向かい、駿太郎一人だけが下りて朝稽古に参加した。

駿太郎は正式に鏡心明智流桃井道場に入門していた。駿太郎を下ろしたあと、小籐次は小舟を駆って芝口橋に行き、久慈屋の店先の研ぎ場で朝稽古を終えて徒歩でやってくる駿太郎を待ちながら、独り研ぎ仕事をなした。

久慈屋にて数日続けて親子で研ぎ仕事をなすと、順路を替えて浅草駒形町で小籐次を下ろした駿太郎が小舟でアサリ河岸に向かい、朝稽古を終えると再び小舟に乗って大川右岸の駒形町に戻り、浅草寺御用達の畳職備前屋で父に合流して親子で研ぎ仕事をなした。むろん深川の蛤町裏河岸にも舟をつけて、小籐次を下ろして駿太郎はアサリ河岸に向かい、稽古が終われば大川河口を横切って蛤町裏河岸に戻ることもあった。

梅の季節は赤目一家にとって珍しく平穏な日々が繰り返された。その梅の季節も終わりに近づいた頃合い、紙問屋久慈屋に中田新八とおしんの二人が揃って訪ねてきた。

昼下がりの八つ過ぎの刻限だ。

「なんぞござったかな」

「ちと赤目様にご相談がございます。むろんわが主の意向を受けての一件にございます」

と研ぎ場にしゃがんだ新八が言った。

「新八どの、おしんさん、深刻な話のようじゃな。本日は、久慈屋のお鈴と新兵衛長屋の夕が望外川荘に一夜泊まりをなす日でな、二人して楽しみにしておるのじゃがな」

と小籐次は遠回しに急用は避けたいと言った。

「赤目様、その予定を変えることはなかろうと思います」

おしんの言葉を聞いた小籐次は帳場格子を振り返り、

「昌右衛門どの、大番頭さん、暫時(ざんじ)店座敷を借り受けてよかろうか」

と願った。

「お好きなようにお使い下され」

と昌右衛門が小籐次の願いを快諾した。

老中青山忠裕の密偵の二人と小籐次の話は四半刻ほど続いた。

店に再び姿を見せた新八とおしんの顔がどことなく和んでいることを観右衛門は見てとった。一方、小籐次の表情は困惑というか、思い惑う顔をしていた。

観右衛門は、

(ははあ、また厄介ごとを頼まれたな)

と推量した。

久慈屋とは馴染みの二人が芝口橋を去ったあと、小籐次が研ぎ場に座りかけ、

「造作をかけましたな」

と帳場格子の二人に詫びた。

ちらりと若い主の顔色を窺った大番頭が、

「お鈴の望外川荘行は繰り延べにしたほうが宜しゅうございますかな」

と小籐次に尋ねて二人の用件をそれとなく質した。

「大番頭どの、その要はござらぬ。差支えなければお鈴と夕を望外川荘に連れて戻りたいがよろしいか」

「お鈴もお夕さんも楽しみにしておりますでな、繰り延べなどと伝えるとがっかりしましょう」

と観右衛門が答えた。頷いた小籐次だが、老中の密偵の用件を親しい二人に伝えようとはしなかった。そこで話柄を替えようとしてか、昌右衛門が小籐次に言った。

「隠居所から使いがきました。舅から、赤目様に礼を申してくれとの伝言がございました」

昌右衛門の言葉に、

（おや、なにが）

という訝し気な顔を観右衛門が見せた。

「いえね、大番頭さん、駿太郎さんが昨日隠居所を訪ねて、おりょう様から預かった夏の掛軸を届けてくださったそうです。おりょう様に、多忙な身にも拘わらず隠居所の掛軸の絵までお気遣い頂き、舅は恐縮するやら感激するやらでございましてな」

との昌右衛門の言葉に、

「おお、それは五十六様も密かに期待していた贈り物、ようございましたな」

と応じた観右衛門が、

「で、どのような掛軸でございましょうな、赤目様」

と小籐次に尋ねた。

「大番頭どの、この話、わしは初めて聞き申した」

と小籐次は答えて駿太郎を見た。

「父上、私が届けた包みをご隠居様がその場で解かれました。その折に掛軸を見ました」

と駿太郎が言った。

「どのような絵かのう、駿太郎」

「父上、春立庵に泉水がございますよね、まるでその泉水の水辺で無数の雀が水遊びをしているような景色でした。一羽一羽の雀がそれぞれ違う動きで見ていて楽しくなる絵でした」

「おお、それは直ぐにも見たいものですな」

と観右衛門が身を乗り出し、

「隠居所には早夏が到来しておりましょうか」

と昌右衛門が呟いた。

「いえ、五十六様は掛軸をかけ替える折は、父上や母上に久慈屋の皆さんも呼んで宴を催される心積もりだそうです。母上は、『鼠草紙』を描き終えて以来、絵に熱中して春立庵のよき折々の景色を描くことを楽しみにしておられます。倅の私がいうのもなんですが、母上の絵は楽しんで描いているせいか、見ていてこちらもわくわくします」

「赤目様、駿太郎さん、おりょう様にお礼を申し上げて下さいまし」

と昌右衛門が願った。

「齢をとると段々とせっかちになってきます。夏景色は雀の水浴びですか、私は宴を待たずに本日にも見たいものです。赤目様、早めに仕事を切り上げていっしょに神谷町を訪ねませんか」

と観右衛門が小籐次を誘った。

しばし間を置いた小籐次が、

「本日は最前申し上げたとおりお鈴と夕を望外川荘に連れて帰る夕べです。わしはご隠居から呼ばれた折まで我慢致しますかな。どうぞ大番頭どのはなんぞ用事を拵えて隠居所を訪ねてみたらよろしい」

「私ひとりでですか」

と観右衛門が迷った。

「大番頭さん、なにも私どもや赤目様に遠慮されることなく、今日にも隠居所を訪ねておりょう様の夏の掛け軸を見てこられたらどうです」

とお浩を抱いたおやえが話に割り込んできた。

「おやえ様、五十六様とお楽様ご夫婦は、余生を静かに過ごそうと神谷町に終の棲家を設けられたのでございましょ。年寄りが一人隠居所に押しかけるのもどうかと思います。我慢して五十六様から声がかかった折に春立庵を皆さんといっしょに訪ねます」

と観右衛門が己に言い聞かせるように言った。

「ならば大番頭さん、赤目様親子とお茶にしませんか、仕度ができておるそうです」

とおやえが本来の目的を思い出して言った。

「お茶を喫して心を静めますか」

と帳場格子の観右衛門が立ち上がり、小籐次と駿太郎の父子も休息することにした。すると二人の前に読売屋の空蔵が立った。

「台所で茶かえ、大番頭さん、この空蔵にも馳走して下さいな」

と願った。

「厄介なお方が加わりますな、まあ、よいでしょう、お馴染みさんですからな」

と観右衛門が許しを与えて、赤目父子と空蔵は久慈屋の店と台所を結ぶ三和土廊下から台所に向った。一方、観右衛門は店から台所へと行った。

「空蔵さんや、なんぞ厄介な話を持ち込んでおるまいな」

と小籐次が空蔵に囁いた。

「厄介な話があるのかえ」

「ないな」

「ほう、即答したな。かようなときはなにかあるな」

「ない、と申したぞ。そちらに厄介ごとがあるならば、あとにせよ」

「あとにな、話の成行きだな」

と空蔵が答えたとき、台所の広い板の間の定席、黒光りした太い大黒柱の前に観右衛門が座していた。そして、お鈴が茶菓を供していた。

「お鈴さん、今晩うちに泊まる日だよ」

と駿太郎が声をかけた。

「はい、おかみさんに最前お許しを頂きました」

と答えるお鈴の声が弾んでいた。

「なに、お鈴さんは今晩望外川荘泊まりか、この空蔵もお邪魔しようかな」

「お断り申そう。お鈴も夕もひと月に一度の宿下がりじゃぞ。読売屋についてこられて堪るものか」

と小籐次が即座に断った。

「ちぇっ、おれと酔いどれ様の間柄も両手で足らぬほどの長い付き合いだぜ。偶には胸襟を開いて話をしてもよいではないか」

「どこのだれが読売屋に胸襟を開きますな」

と観右衛門が小籐次に加勢した。

駿太郎は茶色の蕎麦饅頭を見ていた。

「駿太郎さんは三つ食べていいようにおかみさんから言われているわ」

「蕎麦饅頭三つ食していいのですね」

とお鈴に念押しした駿太郎は合掌して、

「頂きます」

と言ったときにはもう一つを口に入れていた。

「昼餉を馳走になって一刻ほどしか過ぎていまい」

「父上、食した瞬間からお腹が空きます」

「若さですかな、そのような時代は遠くに過ぎ去りました」

と観右衛門が言った。そして茶碗を手に、

「空蔵さん、あんたは蕎麦饅頭より酔いどれ様に手を出したいのでしょう」

「へえ、大番頭さん、私の生き仏大神様は酔いどれ様こと赤目小籐次様ですからな、出来れば色よい返事がほしいのですが」

「三和土廊下で仕事の話はなしと断わられましたか」

「さすがに大番頭さんだ、すべてお見通しですな」

と応じながら空蔵が小籐次を見た。

小籐次は素知らぬ顔で茶を喫した。

「なにをお尋ねになりたいので」

と観右衛門が空蔵に助け舟を出した。

「二つございましてな。その一つでも答えてもらえると助かるんですがな」

「と、空蔵さんが願っておりますぞ、赤目様」

「大番頭どの、この手合いは一つでも心を披くとぐいぐいと入り込んでくるものでしてな、甘い顔すると付け込まれますぞ」

「いかにもさよう。されど芝口橋に読売屋の声が響きますとな、なんとのう、江戸の商いに景気がついたようでございますがな」

と観右衛門が空蔵に味方するような言葉を吐いた。

「空蔵さんや、わしの本業は研ぎ屋じゃぞ。二つも三つもそなたの手伝いなどできるものか」

「ならばさ、酔いどれ様、一つに絞ってよいか」

「世間を大騒ぎさせるような話はダメじゃぞ」

「世間を大騒ぎさせる話ね、さて、どうしたものか」

と空蔵が思案しながら手を蕎麦饅頭に伸ばし、ゆっくりと口に入れた。

駿太郎の皿にはもはや三つの蕎麦饅頭はなく、若い胃の腑に消えていた。ちらりと父の顔を駿太郎が見た。

「駿太郎、腹も身の内じゃぞ」

「はい」

と応じたときには駿太郎の手が小籐次の蕎麦饅頭を摑んでいた。

「こちらに決めた」

と半分ほど食いかけた蕎麦饅頭を手に空蔵が言った。

「なにを聞きたいのですな、空蔵さん」

「へえ、大番頭さん、過日のことですよ、アサリ河岸の桃井道場の門前で酔いどれ様と肥前長崎の出というタイ捨流の大蔵内山門隠士とやら、えらく仰々しい名の道場破りが木刀と竹竿で立ち合い、酔いどれ様があやつを堀の中に突き落としましたな」

「それは空蔵さんの読売で読みましたよ」

と観右衛門が応じた。

「まさか二番煎じを書こうなんて話ではございますまいな」

「それがそうなんで」

「どういうことですね」

と観右衛門が空蔵に糾した。

空蔵の読売は同じネタを同じ書き方で二度三度と書かないことが人気の秘密だった。

「二番煎じは二番煎じだが、あやつ、酔いどれ小籐次に負けたとは思ってないんですよ。赤目小籐次の恩情で命が助かったというのに、こんどは真剣勝負を望んでいるって話を通旅籠町の宿で仕入れましてね、大蔵内山門隠士は、『赤目小籐次氏、改めて真剣勝負を致したし』という言葉を宿に残してね、姿を消したというんですよ。そのこと、酔いどれ様は承知かえ」

小籐次はなにも答えない。

「その無言は承知と見たね。あいつがアサリ河岸の戦いはつい油断したと考え、二度目は真剣勝負を望んで修行をし直してよ、おまえさんの前にやってきたら、戦う気かえ」

「無益な話よ。精々読売屋を喜ばす程度の話ではないか。研ぎ屋爺が斬られようとあの者が負けようとな」

「いや、それは違うぞ、酔いどれ様。おまえ様が負けたとなれば江戸じゅうが大騒動だぜ、『御鑓拝借』以来、おまえさんの武勇にどれほどの人が癒されたか、赤目小籐次が斃れるなんて読売は書きたくないぜ」

と空蔵が険しい顔で言い切った。

しばし腕組みして沈黙した小籐次が、

「空蔵、わしが戦わずに済む方策があるか」

「それだよな、二番煎じの戦いで銭を稼ぎたくはないよな」

と空蔵も沈思した。

観右衛門は小籐次が空蔵と呼び捨てにするときは、険しい状況にある折だと承知していた。

「大蔵内山門隠士を諦めさせる手立てがあるかなしか、この空蔵が知恵を絞ってみようじゃないか。ところであの大蔵内の剣術をどの程度と踏んでいる」

「あの者、肥前長崎の出と申しておるが、わしは武士の生まれではあるまいと推量しておる。それだけにあやつがこれまで剣術の修行をした歳月は並大抵ではないほど厳しかったはずじゃ。それは笹村守善どのが一撃で斃されたことを見てもわかろう。わしが刀を抜き合って、勝つという証しはどこにもない」

「それほど強いか」

「あの者、道場破りなどせずともいずれ江戸で武名を上げるはずじゃ」

と小籐次が言い切り、

「よし、酔いどれ様、おれは騒ぎを飯のタネにする読売屋だが、こたびは戦いを止めさせる読売を書いてみようじゃないか、赤目小籐次が真剣勝負なら、この読売屋の空蔵も筆をかけた真剣勝負だ」

と言い残すと空蔵は、

「大番頭さん、茶を馳走になったな」

と手にしていた蕎麦饅頭の残り半分を口に入れて、久慈屋の台所から出ていった。

小籐次と駿太郎は一刻余り研ぎ仕事をして、お鈴を小舟に乗せて新兵衛長屋に向った。

「赤目様、本日、私とお夕さんが望外川荘にお邪魔してもよいのでしょうか」

とお鈴が聞いた。

「うむ、空蔵の話か。あの者も数多の修羅場を潜ってきた読売屋だ。筆一本で人を殺す術を承知なら、ひょっとしたら筆一本で助ける方策を見つけるやもしれぬ」

「もしそのお侍が空蔵さんの読売を見なかったらどうなります」

「その折は、あの者がわしの前に立とうな」

お鈴が黙り込んだ。

「お鈴さん、父上はこのような日々を過ごしてこられたのです。今さら暮らしを変えようと思っても出来ません。母も私も万が一の折の覚悟はできています」

と駿太郎が言い切った。

二

望外川荘の夕餉は、二人の若い娘が加わったせいで賑やかになった。主菜は久慈屋の本家から送られてきた猪肉の味噌漬けの焼き物だった。お梅が焼いた猪肉を見て、

「おお、これは美味そうだ」

と歓声を上げたのは駿太郎だけだ。お鈴は、

「覚えているのはいささか臭みがあったことです」

とためらい、

「お鈴さん、味噌漬けにするのは臭みを抜くためで、香料をまぶしてあるから臭

いはないそうです」

　とお梅はおまつに言われたことを披露した。真っ先に猪肉を食した駿太郎が、

「母上、これは絶品です」

「おや、駿太郎は絶品などという言葉をよく承知ですね」

　と言いながらおりょうも少しだけ食して、にっこりとした。それをきっかけに娘たちがわいわいがやがやとお喋りしながら猪肉を食した。そんな中で小籐次だけがおりょうを相手に酒を酌み交わしながら、なにか思案していた。

「駿太郎、久慈屋さんでなにかございましたか」

　と小籐次に付き合い、二杯ほど盃で酒を飲んだおりょうが尋ねた。

「なにかとは」

　お鈴、お夕、そしてお梅の三人の年上の娘らと談笑しながらもりもりと猪肉に食欲を見せていた駿太郎が応じて、

「母上、五十六様とお楽様が夏の掛軸を大層喜ばれたことを駿太郎は話しましたよね」

　とおりょうに確かめ、

「いいえ、聞いておりませんよ」

「えっ、母上にお知らせ致しておりませんでしたか」

としまったという顔をした。

「駿太郎も父上同様毎日が多忙ですからね」

との母の言葉に慌てた駿太郎がおりょうが描いた春立庵の夏の掛軸に隠居の五十六とお楽夫婦が大喜びをした話を告げた。

「それはようございました」

「おりょう様は、『鼠草紙』を描かれた経験を活かされておられます。あれ以来ますます絵がお上手におなりになっておいでてでしょう」

とお鈴が見てもいない掛軸に触れた。

「ありがとう。お鈴さんの言葉を本気に受け止めますよ」

「世辞や嘘など申しません」

とお鈴が応じ、お梅が二人の会話に加わった。

「おりょう様は絵を描かれている折、楽し気ですよね」

「そうなの、絵を描くのがこれほど楽しいなんて今まで考えもしなかったわ」

と応じたおりょうが、

「私のことではありません。私が最前尋ねたのは父上のことですよ」

と駿太郎の注意を食欲から元の話題に戻そうとした。

「父上のですか。ああー、読売屋の空蔵さんが見えられて」

と前置きした駿太郎は大蔵内山門隠士が父との真剣勝負を望んでいることを告げた。

「なんとさようなことが」

駿太郎に応じたおりょうは、沈黙を続ける小籐次の表情を確かめ、小籐次の手の盃に酒がないのを見て酌をした。無意識のうちに酌をしてもらう小籐次に、

「おまえ様がさようなことで思案なさるとも思えませんね」

と直に問い質した。

「うむ、なんのことだ」

とこの場の問答を聞いていなかった小籐次がふいに告げた。

「おりょう、お城の吹上の庭で催される花見は三日後に本決まりになったそうだ」

「それがなにか」

おりょうは小籐次の言葉の意が分らず問い直した。

「大奥で暮らす女子衆はまず外に出る機会はないそうな」

「と、私も父に聞いたことがございます」

「吹上の庭の花見の宴には酒や料理が出て、なんとも晴れやかにして賑やかじゃそうな。その折には御台所の寔子様以下、数多の側室や大奥の女衆が普段のかた苦しい日々を忘れてな、大騒ぎを楽しまれると聞かされた」

「どなたかにそのようなことをお聞きになりましたので」

「新八どのとおしんさんからじゃ」

との小籐次の答えに、

「あっ、母上、お二人が久慈屋に来られたことも忘れておりました」

とお夕が遠慮した猪肉を頬張り食す駿太郎が箸をとめて叫んだ。さらに、

「そうだ。父上はお二人の用件がなんであったか、どなたにも口にされませんでしたね」

と質した。小籐次が駿太郎に頷き、

「まずはおりょうに断ろうと思ったからな」

「なにを断わると申されるのでございますか。最前の吹上の花見となにか関わりがございますので」

「おりょう、『鼠草紙』を披露するのが吹上の庭の花見の席と決まったのだ。酒

が入り、大奥の日々を忘れる無礼講のような宴に『鼠草紙』を見るお方がいるであろうか。鼠の権頭のお姫様への想いや悲恋など酒に酔った女衆が真面目に接するとは思えんでな」

おりょうは小籐次が最前から思い悩んでいたことがこの一件であったのかと気付かされた。

「やはり大奥に外の女子が、赤目小籐次の女房とて入ることは叶いませんでしたか。父上から大奥の厳しい仕来りについて話を聞かされておりましたから、なんとなく断られるのではと思うておりました」

「それがな、断られるのではのうて、花見の宴の席での披露となったのだ。どう考えても『鼠草紙』の花見の光景より眼前の満開の桜に目がいこう。そのうえ酒と料理のある現の花見がよいに決まっておろう」

小籐次の話を聞いても駿太郎やお鈴たちは大奥のことも吹上の庭の花見の宴も想像がつかなかった。だが、なんとなく小籐次の懸念は察せられた。

おりょうもしばし沈思していたが、

「おまえ様、よいではございませんか。大奥の御女中衆が一年に一度の花見を楽しまれる席にりょうが呼ばれるのです。かような機会は天下の赤目小籐次の女房ゆえ経験できることでございます。りょうも『鼠草紙』の一件は忘れて、大奥の皆々様が楽しまれる光景を見物させて頂きます」

「まあ、さような場で鼠の権頭の恋が悲恋に終わる話など聞きたくはあるまいな。わしもさような場では、御伽草紙より眼前の桜と酒と料理に関心がいこうな」

「おまえ様、これ以上案じめさるな。りょうの生涯にそのような機会が到来したことだけで十分でございます」

おりょうの返答に小籐次が頷き、盃を差し出すとおりょうが酌をした。その酒を小籐次がゆるゆると飲み干し、

「おりょう、それだけではないのだ」

と言い出した。

「おまえ様、なにかまだございますか」

「うーむ」

と日ごろの小籐次に似つかわしくなく口が重かった。

「ここまで話されたのです。この場は気心の知れた身内ばかり。外に漏れることもありません」

とおりょうが小籐次に催促した。

うーむ、といま一度躊躇した小籐次が、

「それがな、吹上の庭での花見にわしも出よとの公方様や御台様の強い命があったそうな。研ぎ屋爺まで吹上の花見の宴に来いと申される。もはや『鼠草紙』もなにもあったものではないぞ」

しばし夕餉の場は沈黙に落ちた。

それぞれが想像もつかないながら、公方様や正室や側室が居られる場におりょうならまだしも赤目小籐次が鎮座する光景を必死に思い描いた。

沈黙を破ったのはおりょうの笑い声だった。

「おまえ様、なんとも楽しい花見にございますね」

「そう思うか。研ぎ屋爺が大奥の女衆のなかにぽつんといる光景を考えてみよ」

「旦那様、このりょうが傍らに控えておりますよ」

「そうか、そうじゃな。それは心強いことではあるな」

と小籐次は少しばかり安心した。

「おまえ様はすでに公方様とは知り合いの間柄」

「まあ、白書院にも招かれた、望外川荘に御鷹狩のお帰りに立ち寄られたで公方様のお顔は存じておるがのう、大奥の女衆が何百人もいる場は初めてじゃな」

徳川家歴代の将軍のなかで徳川家斉ほど数多の側室を大奥に抱えた者はいなかった。その結果、家斉の子は五十三人とも五十五人ともいわれ、政治手腕は凡庸ながら世継ぎに困ることはなかった。

「改めて申し上げますがりょうも傍らにおります」

「そうであったな」

と答えて己を得心させた小籐次が、

「おりょう、吹上の宴の席でよいか」

と念押しした。

「公方様のお声がかりでございます。お断りなどできますまい」

「できぬな」

「ならば私どもも存分に楽しんで参りましょうか」

とおりょうが言い切った。

ふーっ

と息を吐いた小籐次が、

「わしの周りになぜもあれこれと厄介ごとが集まってくるかのう。一介の研ぎ屋爺じゃぞ、世間はなぜわれら一家を静かに暮らさせてくれぬ」

「おまえ様は公方様さえ一目おかれる天下の酔いどれ小籐次様、致し方ございますまい」

「いつまでかようなことが繰り返されるかのう」

「まず赤目小籐次の最期の日まで続きましょう」

とおりょうが言い切り、

「どうか一日でも長生きしてりょうやこの場にいる身内を楽しませて下さいまし」

と空の盃を差し出し、小籐次に酌をするように促した。

「そうですよ、赤目小籐次様がこの世におられるのとおられないのとでは、光と闇のように違うとうちのお父つぁんがいつも口癖のように言っています」

「なに、夕、桂三郎さんがさようなことを言われるか。研ぎ屋爺にさような力などなにもないがのう」

「そう思うておられるのは赤目小籐次様お一人だけということが、江戸に出てきたばかりの鈴にも分かります」

とお鈴が言い、

「うちのお父つぁんに公方様と赤目様が知り合いと言っても信じませんよ」

とお梅が笑った。

「おまえ様、ふだんからかように望外川荘の大奥におられるではございませんか。千代田のお城の大奥など恐れるに足りません」

と最後におりょうが話を締め括った。

翌朝、七つ（午前四時）に起きた小籐次と駿太郎は、庭先で真剣を用いて抜き打つ稽古を一刻ほど続け、朝餉を皆と一緒にしたあと、クロスケとシロに見送られ、二人の娘を乗せて湧水池の船着場から隅田川へと出ていった。

「一月一度の望外川荘の夜ほど楽しいことはありません。また今日から一月久慈屋さんで奉公しようという新たな気持ちが湧いてきます」

とお鈴が言い、お夕が大きく頷いた。

「私たちもお夕姉ちゃんとお鈴さんが泊まる夜は、楽しいですよ。父上、娘が宿下がりした気分でしょうね」

「ああ、なんとも気兼ねなくてよいな」

「未だ大奥の花見を考えておられますか」

「折角の『鼠草紙』を静かに楽しんでもらおうと思うたが、花見の席ではな」

「父上が呼ばれて、ただの花見に終わりましょうか」

と駿太郎が言った。

「どういうことか」

「いえ、なんとなくそう思ったのです」

「うーむ、なんぞ女衆の喜ぶ芸を披露せねばならぬか。わしにはさような芸はないがのう。まして桜満開の吹上の庭できれいどころが揃うておるのだ、なにをせよというのかな」

「さあて、どう致しましょうか」

駿太郎が答えながらまず駒形町で小籐次が研ぎ道具一式といっしょに下りた。

「吹上の花見よりわしには稼ぎ仕事が待っておるわ」

「いかにもさようです。お夕姉ちゃんとお鈴さんを送ったら、アサリ河岸で稽古をして駒形町に戻って参ります」

と駿太郎が言い残し、

「赤目様、望外川荘の一夜面白うございました」

「いつも以上に楽しかったです」

とお鈴とお夕に言われた小籐次が研ぎ道具一式を抱えて、

「また来月な」

と畳屋の備前屋に向ってひょこひょこと歩いていった。その後ろ姿を見送りながらお夕が、

「赤目様って私が最初に会ったときから変わらないわ。うちの爺ちゃんの呆けは日に日にひどくなっていくけどね」

と洩らした。

「父上は最初から爺様でした、いまも相変わらず爺様です」

駿太郎が櫓を操りながらお夕に応じた。

その問答を聞いていたお鈴が、

「駿太郎さんの父上にとっては、外見など大したことではないのよ。赤目様が世間に求められるわけは赤目様の志よ、悪いことは悪い、よいことはよいと言動で示される潔さなのよ。私、江戸にきて赤目小籐次様とおりょう様、駿太郎さんのご一家ほど、江戸の人びとに頼りにされている一家はいないと思った。赤目小籐次様がおられることがどれほど江戸にとって大切なことか、未だ江戸の人は分かってないわ」

と言い切った。

「お鈴さん、ありがとう。駿太郎も父上の倅でよかったと思います。父上の子でなければ丹波篠山にはいかなかったでしょうしね、お鈴さんとも知り合いになりませんでしたよね、お夕姉ちゃんは物心ついたときからお姉ちゃんです」

小舟に駿太郎が漕ぐ音だけがしばらく響いていた。

「駿太郎さんは大きくなったら、いえ、もう十分に大きいけど十三歳なのよね。つい忘れてしまうけど、大きくなったら赤目小籐次様の跡目を継ぐの」

「お鈴さんもお分かりでしょう。赤目小籐次の跡継ぎなどだれにもできません。駿太郎は駿太郎の道を探すしかないのです」

「確かにそうね、赤目小籐次様は他人を以て替えられないわ」

「でしょ」

と言った駿太郎はお夕を見た。

「駿太郎さんの気持よく分かる。私も錺職人としてお父つぁんの跡継ぎにはなれません。夕の錺職の道を毎日探っているのだと思う」

とお夕が答えた。

「この三人の中で私が一番年上なのに、二人のようにしっかりとした考えがないわ。恥ずかしい」

「お鈴さん、最前、父上のことで歳や外見に関係ない、赤目小籐次は赤目小籐次よ、というようなことを言われましたよね。お鈴さんは久慈屋の奥からこれからの道を探ればいいんですよ。だってお鈴さんはお鈴さんなんだから」

「そうよね」

とお鈴がちょっぴり安堵したように言い、駿太郎は小舟を大川から日本橋へと向かう流れへ入れた。

駿太郎がそれぞれお夕とお鈴を新兵衛長屋と久慈屋に送り届け、小舟の舳先を巡らそうとすると、ひょい、と読売屋の空蔵が飛び乗ってきた。

「空蔵さん、私はこれからアサリ河岸に稽古に向かいます。父とは直ぐには会いませんよ」

「深川の蛤町裏河岸か」

「いえ、駒形町の備前屋で仕事をしています」

「そうか、ならば駿太郎さんに尋ねようか」

「私が答えられることですか」

「おう、『鼠草紙』が完成してさ、どなたかに見せたかえ」

「それは母上にお尋ねになればよろしいではありませんか」

「おりょう様な、おりゃさ、未だおりょう様が赤目小籐次の嫁さんとは信じられないんだよ。おりょう様なら三国一の婿がいくらでもいたろうにさ、不細工な面の研ぎ屋爺さんと所帯を持つなんてよ、信じられるか」

「空蔵さん、私は二人の子どもですよ」

「おうさ、血がつながってねえがな」

「空蔵さんはなにが知りたいのですか」

「妙な噂を耳にしてな、おりょう様が大奥に入るって話なんだ。どこでみたか知らないがおりょう様の美貌に惹かれてよ、公方様が妾にするって話だ」

「となると父上と私はどうなります」

「そこだよな、あとに残された男二人、哀れだよな」

駿太郎が三十間堀の三原橋に小舟をつけて、

「空蔵さん、まかり間違ってもさような話はないと思いますよ。父のところに空蔵さんを連れて行きましょうか、直に尋ねて下さいな」

「酔いどれ小籐次はなんと答えるな」

「次直を抜いた途端、空蔵さんの首が宙に舞いましょうね」

「し、駿太郎さん、おれを下ろしてくんな」

と狼狽した空蔵が願った。

三

江戸城の西側に位置する広大な吹上御庭は幕府開闢(かいびゃく)の頃、尾張、紀伊、水戸御三家を筆頭に多くの武家屋敷が門を連ねて御城の防御としての役目を果たしていた。だが、明暦の大火のあと、これらの屋敷は防火のために御堀の向こうに移転させられて明地になった。

六代将軍徳川家宣の治世下に庭園として整備され、吹上御庭と呼ばれるようになった。その後も歴代の将軍のもと、紅葉御茶屋、滝見御茶屋、馬場が設けられ、吹上御庭には将軍の上覧所が造られた。

八代将軍徳川吉宗の時代に庭園は壊され、学問所や天文台、鉄砲所、酒の醸造所や砂糖製造所など実用や学問に供する設備が造られた。だが、当代の徳川家斉は再び庭園に戻し、外出がままならない自身のための散策遊行の場とした。

文政九年春の好日、大奥の花見が吹上御庭で催された。この花見、御台所を始め、御三家の女衆も招かれて厚板染めの緞子の幔幕が御庭のあちらこちらに張り巡らされて大奥の女衆の集いの場になった。日ごろの厳しい習わしは忘れられ、酒が振舞われ、田楽が食された。

この日、老中青山忠裕の密偵のおしんは普段の装いとは異なり、華やかな晴れ着に身を包んで望外川荘に小籐次とおりょうを迎えにきた。

「おおー、おしんさん、なかなか艶やかにござるな」

と小籐次が驚きの声を上げた。その声を聞いたおりょうが姿を見せた。

「あら、おしんさんの晴れ姿を初めて見せてもらいました」

「おりょう様、吹上の花見は桜以上に晴れ着の賑わいにございまして、どなた様も女衆は刺繡がなされた搔取などを新調なされて、花見の前は呉服屋の商いが賑わい、ひと財産が費やされます」

搔取とは打掛のことだ。

「さように晴れがましい花見にございますか」

おりょうはこの日、小紋地に短冊に八分咲の桜の小枝が絡み合う友禅染め裾模様だった。

「おまえ様、これでは地味にございましょうか」

とおりょうが己の着物を気にした。

「おりょう、われら、研ぎ屋と歌人の夫婦じゃぞ。もくず蟹のわしがどう着飾ったところでじじいに変わりはなかろう、まあ、わしは別としておりょうの形ではいかぬか、おしんさんや」

と小籐次がおしんに聞いた。

「赤目様、おりょう様、私のなりはその場の雰囲気に紛れるための扮装でございますれば、気になさらないで下さいまし。私とて普段の形でよければどれほど気が楽か」

と困惑の顔をして、

「晴れ晴れしい掻取の競い合いのなかで、おりょう様の渋い小紋地に桜の裾模様は間違いなく際立つことでしょう」

と請け合った。

「父上、母上、船が待っておられますよ」

と不酔庵の向こうから駿太郎の声がして三人は望外川荘から船着き場に向った。

おりょうの手には箱に入った『鼠草紙』が持たれ、小籐次の腰には次直の一剣があった。おりょうは、おしんから初めて花見の様子を聞かされ、まず『鼠草紙』の出番はあるまいと思っていた。

老中青山家の船が待ち受けていて、新八がクロスケとシロの頭を撫でていたが、

「赤目様、おりょう様、お気持お察し申します」

と言った。その口調は花見の席で『鼠草紙』でもあるまいとの思いが込められていた。

「駿太郎、留守を頼む」

「心得ました」

と駿太郎が返事をして、

「わしが花見に行ったとて、なんぞ役にも立つまいがのう」

と小籐次が思わず洩らした。

「父上、替わりましょうか」

「わしの代役を務めてくれるか」

「父上、冗談です。公方様は赤目小籐次とりょうの、わが父と母をお呼びになったのです。私はお呼びではありません」

「いえ、駿太郎さんが花見に行けば大奥の女衆に大もて間違いないわ。それでは公方様がお困りよね」

とおしんが駿太郎から小籐次に視線を移しながら言った。

「駿太郎の若さでは目に毒かもしれぬな。後宮の花々は」

と言った小籐次がおりょうの手をとって船に乗せた。

「クロスケとシロが尻尾を振って見送り、段々と船が隅田川へと出ていった。

「クロスケ、シロ、本日は望外川荘で稽古を致すぞ。そなたらも駿太郎の稽古の相手をせよ」

と命じた駿太郎と二匹の犬が望外川荘の庭に戻っていった。


青山家の船が日比谷堀から桜田堀に入り、吹上御庭に近い半蔵御門の船着場につけた。老中青山家の手配がなければ決して通ることのできない船行だった。

「おしんさん、吹上御庭を承知かな」

と小籐次が尋ねた。

「いえ、公に立ち入ったことはございませぬ」

との返事には密偵の陰御用で入ったことはあると含んでいた。

枡形の半蔵御門を抜けると、風にのって女衆のざわめきの声が聞こえてきた。すでに酒が入り、花見の宴は始まっているように思えた。

小籐次らのもとへ御鷹狩の折、同行していた家斉の近習衆の篠崎貴之輔が歩み

より、

「お待ち申しておりました」

と挨拶し、

「過日は望外川荘の持て成し恐悦至極にございました」

とおりょうに言った。

「篠崎どのでしたな、本日のお招きじゃがりょうは別にして、年寄りが出る幕はなかろう。花見の隅でな、じいっと息を潜めておるでな」

「赤目様がでございますか。それはなかなか難しゅうございましょうな。上様は最前から赤目小籐次は来ぬか、と何度も催促なされました」

「お呼び出しの刻限には遅れておらぬつもりじゃが」

「上様は五十路をお越えになり、大奥の女衆より赤目様とおりょう様にお会いしたい様子と見受けました」

と篠崎が小声で言った。

「いえ、それほど過日の望外川荘の訪いを楽しまれたのです」

「そのお返しが花見の宴かのう」

「とお考えになられても結構です」

と答えた篠崎は小籐次ら三人を広大な庭を声のするほうへと案内していった。

ぱあっ

と景色が開けると吹上大池が広がり、池のあちらこちらに幔幕が張り巡らされて女衆たちが宴をなしているのが見えた。

「なんとも壮観な花見にござるな」

さすがの小籐次もお城の奥深くにある吹上御庭の花見にはいささか驚かされた。

「おりょう、かような景色を見たことがあるか」

「わが背が見たこともない景色をこのりょうが見るはずもございません。なんとも言葉に言い表すことができません」

「赤目様、おりょう様、私もふだん着でくるのでございました。話に聞いただけではどうにも役に立ちませんね」

とおしんは華やかな振袖を羨ましげに見た。

「おしんさんや、かような折でもなければおしんさんの晴れ着姿は見られぬでな、われらには目の保養になったわ。そう思わぬか、りょう」

「いかにもさようです。おしんさん、『鼠草紙』は忘れて吹上の桜を見物致しましょうか」

と応じたおりょうに、

「おりょう様、赤目様、その前に上様がお待ちです。どうぞこちらへ」

と篠崎が言い、吹上大池の縁を半周して大池に突き出した御座所へと案内していった。

するとと池を見渡す座敷に家斉が座し、御台所の寔子が、おすべらかしの女衆や側室方と宴を催していた。おすべらかしとは長かもじを地毛に合わせて結ったものだ。このおすべらかしの長さは六尺や七尺ゆえ、御中臈が長かもじを持ち上げて歩いた。

「上様、赤目小籐次とりょうが参りました」

との篠崎の言葉に家斉が振り向き、

「おお、酔いどれ小籐次、りょう、遅いではないか」

「畏れながら約定の刻限には参ったつもりですが、満開の桜ときれい処の競演に見惚れて、いささか時を要したようです。お許し下され」

と小籐次が詫びた。

「奥や、この者が天下無双の酔いどれ小籐次と女房のりょうじゃぞ」

と家斉自ら正室の寔子に紹介した。

「上様、確かに天下無双の武芸者と歌人のりょう、似合いの夫婦にございます」

と寔子が言い切った。

「そう思うか」

「かように似合いの夫婦は金の草鞋を履いてもなかなか探せますまい」

「奥の言葉を聞いたか、小籐次。よかろう、吹上の宴に参ったからには酒をとらす。過日の礼じゃ、断わりはならぬぞ」

「上様のお勧め、何人がお断りできましょうや」

と小籐次がいうところに四斗樽が運ばれてきた。そして、その一行の背後に前帯にした大きな女衆が従っていた。

「小籐次、ちと趣向がある。この上臈の末乃はのう、大奥一の酒のみでな、天下の酔いどれ小籐次と酒を酌み交わしたいと申すのじゃ、付き合ってやってくれ」

と命じられた。

花見の席だ。この程度のことは命じられると小籐次は覚悟はしてきた。されどまさか大奥の上臈が大酒飲みとは考えもしなかった。しかも末乃は大奥のなかでも珍しい履歴の主とあとで小籐次は知ることになる。

「大奥の上臈様と酒を酌み交わすことなど生涯一度のことにございましょう。末乃様と申されるか、わしはただの年寄り爺、付き合うてもらえるかのう」

「赤目小籐次とやら、大酒飲みの会でそなた一斗五升を飲み干したというが真のことか」

大奥に暮して何十年にもなるのか、末乃は横柄（おうへい）な口調で糾した。

「おお、それは遠い昔の話にござってな、もはや大酒よりはちびちびと飲む酒がようござるな」

「本日は吹上の花見である。これ、赤目小籐次に酒を取らせよ」

末乃が御広敷（おひろしき）役人と思える者に命じた。すると一升ほど入った金杯が小籐次と末乃の前に届けられた。どうやら対面して酒を飲み交わすつもりのようであった。

「上様、失礼仕りますぞ」

と断わった小籐次は金杯を両手で持ち上げ、末乃がどうするか待った。

末乃は小籐次に先に飲ませて様子を見ようとしたか、まだ金杯に手をつけていなかった。

小籐次が笑みの顔で一緒に飲もうと誘いかけた。すると致し方なく一升入りの金杯を両手で抱え上げた。

なにしろ末乃は小籐次の倍どころか三倍はありそうに大きな体だ。一升入りの金杯が小さく見えた。この末乃、男子禁制の大奥にあって、上臈などの乗り物をかつぐ御末の出であった。乗り物をかつぐゆえ男子と変わらぬ大女が採用された。そんな末乃はなぜか昇進を重ね、大奥勤め三十年余で上臈に就いていた。

「頂戴致す」

小籐次はゆっくりと金杯に口をつけると、静かに杯を傾けた。酒の香りが小籐次を包み込んで至福の境地に誘った。となれば酒精から小籐次の口に流れ込み、喉へと落ちていった。

一方、末乃は三合ほどを飲み、金杯から口を離した。すると小籐次が緩やかに酒を楽しみながら飲む様子が見えた。慌てて金杯に口を戻すと残りの七合ほどを一気に飲み干した。

小籐次は最後の一滴までも楽しみながら飲んで、

「吹上は　花よし酒よし　天下の景にございますな」

とにっこりと笑った。するともくず蟹を踏みつぶしたような大顔が慈顔に変わった。

「小籐次め、一升など飲んだうちに入らぬか」

「いいえ、酒は量に非ず。相手次第にございましてな」

と末乃を見た。すると気張った顔の末乃が、

「杯を替えよ」

と男衆に命じた。

運んでこられたのは三升入りの金杯だった。

小籐次は三升の酒を前に末乃に会釈し、両手で金杯を抱え上げると、

「人生の行楽　勉強に在り
酒あらば　負（そむ）く莫（な）かれ　瑠璃（るり）の鍾（さかずき）に」

とおりょうに教えられた宋の詩人欧陽修の詩の記憶する七言二句を詠んで金杯に口をつけた。

「どういう意か」

と家斉が尋ねた。

「酒を勧められたならばその勧めに逆らってはならぬ、それも瑠璃の大杯になみなみと注がれて供されたら決して背（そむ）いてはならぬ、楽しんで飲み干せという意とおりょうに聞きました」

小籐次の喉が鳴った。

末乃は小籐次の余裕につい心を乱されて三升入りの大杯を一気にがぶ飲みした。

滴がたれて上臈の着物を濡らし、いつも以上に酒が回った。

先に三升を飲んだのは末乃だった。

悠然とあとに続いたのは小籐次だった。

いつの間にか御座所の前に大奥の女衆や御三家の姫君などが集り、小籐次と末乃の酒合戦を言葉もなく見つめていた。

「四升も飲み干された」

「末乃様が天下一と思うていたが、上には上がいるものじゃ」

などと御末の出の出世頭を見ていた。

その末乃が、

「五升入りをもて」

と男衆に命じると五升入りの酒が入った大杯が運ばれてきた。こたびの大杯には助っ人が二人ついた。

末乃の助っ人は後輩の御末二人だ。

一方、小籐次のほうにはおしんと酒を運んできた御広敷の小者が従った。おしんは五升入りの大杯の折は、助っ人にと願っていたのだ。

「赤目小籐次、最前の七言絶句を詠むか」

「上様、それがしの女房どのは歌人にござってな、この研ぎ屋じじいに時折、かの国の詩人の詩をあれこれと教えてくれます。こたびの七言絶句は李白というお方が詠まれたもの」

と四升の酒に喉を潤した小籐次が、

「両人　対酌すれば　山花開く
一杯　一杯　復た　一杯
我酔うて眠らんと欲す　卿旦く去れ
明朝　意あらば　琴を抱いて来たれ」

と小籐次が朗々と謡い、

「上様、いかがですかな」

というとおしんと男衆に合図して五升入りの酒の大杯に口をつけた。

三度喉が鳴った。

小籐次の喉に酒が落ちていくたびに李白の一杯一杯また一杯の詩がその場の人びとに伝わっていくようだった。

小籐次がゆるゆると確実に五升の詩を謡いあげ、顔が大杯に隠されて消えた。

次の瞬間、

はっ
と小籐次が息を吐くとおしんが男衆に合図して大杯をどかした。すると陶然とした至福の顔が現れて、

「わが芸はお粗末なり、かの国の詩人の足元にも及ばす」

と洩らした。

その言葉の先に末乃が酒を抱えて途中で飲むのを止めている光景が見えた。おそらく大杯に半分ほど残っていよう。

必死で口を大杯に持っていこうとしたが、顔が歪んで苦しそうだ。それでも末乃は最後の頑張りを見せようとしたが大杯から両手を離すと後ろに倒れ込んだ。

御末の後輩たちがなんとか飲み残しの大杯を抱えた。

小籐次は立ち上がると、

「人生の行楽　勉強に在り
酒あらば　負く莫かれ　負く莫かれ　瑠璃の鍾に」

と謡い、

「頂戴致そう」

と末乃が飲み残した酒の大杯を抱えると、悠然と飲み干してみせた。

その瞬間、吹上の花見の場を沈黙が支配した。だが、次の瞬間、一人の上臈年寄の口から、

「酔いどれ、酔いどれ、酔いどれ小籐次、天下一！」

という感嘆の声が上がり、それが大奥の女衆や御三家を始めとした招き客に広がっていった。

空の五升入りの大杯を抱えて、その場に座した小籐次を見て、

「上様にお願いがございます」

とおりょうが言い出した。

四

御座所の別の間で小籐次と末乃は並んで昼寝を貪っていた。

おりょうの願いを聞き入れた家斉が、

「りょう、赤目小籐次は江戸の宝である。一日でも長生きして江戸の民を喜ばせてくれねばなるまい。そなたの願い、差し許す」

としばしの昼寝を許した。そんなわけで小籐次は家斉と正室に平伏して、

「有り難き幸せ、一刻ほど昼寝をさせて頂きます」

と願うと御座所の次の間へと自分の足で下がった。そこにぐったりとした末乃の巨体が大勢の御末たちによって運ばれてきたのを見ながら、小籐次は所望した水を最前から手にしていた五升入りの大杯に注いで飲み、

「ご一統、上様の寛容なるお許しを得てしばし午睡を致す」

と横になると、ことん、と眠りに落ちた。その傍らでは末乃がごうごうと大きな鼾を立てて昏睡していた。

小籐次は眠りの中で琴の調べが静かに響きはじめたのを感じ、さらにおりょうの声が聞えているような幻聴に捉われた。それは、

「いつのころのことでございましょうか、京の都の四条あたりに、ねずみのごんのかみと呼ばれている古ねずみが住んでおりました。

雨がふりつづくある日のこと、ごんのかみは家来の中でいちばん頼りにしているあなほりの左近のじょうをそばによんで、

『わしはいつも思うのだが、自分たちねずみがこんな小さなけだものであることはたいへん残念なことである。だから、わしはなんとかして人間と仲良くなり、

結婚して子どもや孫たちが人間としていきていけるようにしたいと思うのだが、お前はどう思うかね』」

小籐次は眠りのなかで、

（おお、おりょうが『鼠草紙』を語る声じゃな）

（いや、酒の酔いで幻聴を聞いているのかもしれん）

などと思いながら、

（それにしてもつま弾くような琴の調べはだれが奏しているのか）

と訝しく考えたりしていた。

「都の五条あたりの油小路に柳屋三郎左衛門というお金持ちの人が住んでいました。家はますます栄えていましたが、一つだけ心配なことがありました。娘が一人あったのですが、どういうわけか結婚することができずにいたのです」

（やはりおりょうの語りじゃぞ）

と思いながら小籐次は眠りに落ちた。

どれほど眠りに就いていたのか。

再びおりょうの声が聞こえてきた。

「ねんあみは傘を一本肩にかついで、高野山のお寺をめざして上がっていきました。

ところが、その途中で黄色い衣を着た、二百歳あまりかと思われる恐ろしそうなねこのお坊様に出会いました。食べられてしまうのではないかと、ふるえながら草のかげにかくれていると、ねこのお坊様は、

『どうしてそんな姿になったのかね』

と、やさしくたずねました」

ねんあみとはごんのかみの法名のことだ。

小籐次はやはりおりょうが『鼠草紙』を琴の静かな爪弾きとともに語り終えようとしているのだと思った。

(どうやら吹上の花見で『鼠草紙』のよい披露がなったようだ)

と思いながら控えの間で起き上がった。

ねことねずみが高野山の奥の院に参る場面がきこえる。

「かみそりの　ついでにつめは　きりたるよ　われおそわるるな　ねずみ入道」

とねこ入道が願い、

「いにしえの　そのおもかげの　わすられで　おそれ申よ　ねこのおんぼう」

というおりょうの声が聞こえて、また小籐次は現と酔いのまにまに彷徨った。

ふいにねこの坊の声音を真似るおりょうの声がした。

「ねうあみよ　かかるたかのの　月を見よ　あくねんはなし　われなおそれを」

ねこの坊の言葉を小籐次は理解していた。むろんおりょうの説明で知ったのだ。

「ねんあみよ、心が洗われるような、あの美しい高野の月をごらんなされ。わしはもう昔の悪い心を持ってはいません、わしを怖がらないでおくれ」

するとねんあみが応じた。

「おもいきや　ねこの御坊と　もろともに　高野の奥に　月をみんとは」

小籐次は『鼠草紙』の最後の場面、高野山のさんこの松のもとで、ねんあみと

ねこの御坊が語り合う場面を思い出していた。ねんあみの返答は、
「ねこの御坊と高野山の奥で心安らかに月を観ようとは、まことに驚きです」というものだ。

ねんあみの言葉とともに『鼠草紙』の最後の情景が小籐次の酔いの胸に浮かび、琴の調べといっしょにかき消えて絶えた。

小籐次は身形を整えると、控えの間から御座所に入っていった。するとなんとおりょうが琴を前に座しているのが見えた。

「おりょう、そなた、琴を奏でおるか」

「わが背、昔屋敷で琴に親しみました。御座所に琴があるのを見て、なんとのう悪戯(いたずら)に弾いてみました」

と笑った。

「おお、酔いどれ小籐次、気分はどうか」

「ご酒を頂き、おりょうの語りを聞きながら午睡を楽しませて頂き、これ以上の至福がございましょうや。公方様、奥方様、ご一統様、おりょうの語りの『鼠草紙』いかがでしたな」

正室の寔子や数多の側室、大奥の上臈方が長い絵巻物の絵を見ながら鼠の権頭

の悲恋に想いを馳せていたが、

「赤目小籐次どの、吹上の桜見に京の権頭の半生が重なり、なんともよき思い出深い文政九年のお花見になりました。礼を申しますぞ、小籐次どの、りょうどの」

と敬称までつけて寔子が女衆一同を代表して礼を述べた。

「下野(しもつけ)、そなたの母御はかような嫁入道具を持参して嫁いできたか、宝ものじゃな」

と家斉がいつのまにか吹上の花見に姿を見せていた老中の青山忠裕に言った。

「畏れながら申し上げます。忠裕、十三、四歳の折、蔵の中でちらりと見たことさえ長い間失念しておりました。そのことを思い出させ、『鼠草紙』にかように光を当ててくれたのは、赤目りょうのお陰にございます」

とおりょうに忠裕が花をもたせてくれた。

「小籐次、そろそろ夕暮れぞ、松明の灯りに映える桜を見ていけ」

「有り難きお言葉の数々、赤目小籐次、遠慮のうお受けいたしまする」

「さすがの酔いどれ小籐次ももはや酒は飲めまいな」

「ふっふっふふ」

と微笑んだ小籐次が、

「今宵の気持を駄句に託しますと、吹上の 花見に招かれ 酒尽くし、といった心境にございましょうか」

「酒あらば 負く莫かれ 瑠璃の鍾に、であったか、宋の詩人の七言絶句は。さすがに赤目小籐次、たれぞ、酔いどれ爺に酒を取らせよ」

と命じた。

屋形船に小籐次とおりょう、青山忠裕と密偵の中田新八とおしんが乗り、半蔵御門から桜田堀へと向かった。

「小籐次、よい花見であったな」

「いかにもさよう。老中にお取次ぎ頂き、それがしとおりょうは夢の一日を過ごさせてもらいました、厚くお礼を申し上げます」

と小籐次が忠裕に感謝の言葉を述べた。

「予が口利きせずとも上様からの御命であるわ。大奥何百人の花も御三家を筆頭にした姫君らも酔いどれ小籐次と申す年寄りじじいの敵ではなかったな」

と忠裕がいい、破顔した。

「殿、おりょう様は御台様や側室方を虜になされました」

「おお、忘れていたわけではないぞ。りょうの『鼠草紙』の語りに琴の調べ、大奥の女衆も敵わぬな」

「殿、側室のお方はおりょう様の眼の高さをお羨みでございましたよ」

「そうであろうな、おしん。なにしろ赤目小籐次は天下無敵、御末上りの上臈と酒の飲み比べなど児戯に等しきものであったな。九升を飲み干したうえ、上臈の飲み残しまで片付けおったのには、さすがの上様も仰天したと聞かされた」

「いえ、赤目様の意をくんだおりょう様は相手の末乃様を気にかけて夫を控えの間に下げ、赤目様と末乃様はいっしょに午睡を楽しまれました。あの行いは酔いどれ様ならではの気遣いにございます」

「おしん、それにしても上様に下がって休めと命じられて、平然と受ける仁は赤目小籐次ぐらいじゃな」

「いかにもさようです」

老中青山忠裕と密偵おしんの話は際限なく続いた。

屋形船はいつしか外桜田御門から西ノ丸と大名小路を隔てる御堀に入り、坂下御門にて、

「赤目小籐次、りょう、ご苦労であった」

と言い残した忠裕と近習衆が下りた。新八とおしんは、小籐次とおりょうを送っていく気か屋形船に残った。

「赤目様、おりょう様、長い一日でございましたな」

「かような機会はまずないでな、存分に楽しませてもらった。のう、おりょう、そう思わぬか」

「はい」

と返事をしたおりょうが、

「おまえ様、寔子様がぜひ望外川荘に参りたいと幾たびも申されました」

「こればかりはわれらの意向だけではどうにもなるまい」

「赤目様、寔子様はわが殿にも声をかけられ、『下野、なんとかできませぬか』とのお頼みでございましたそうな」

「なに、青山の殿様にも申されたか。御台所とは申せ、大奥から外へ出るのは容易くはあるまいな」

「芝の増上寺や上野の寛永寺の法事などの折にお出になるほかはまず」

「ないか。まあ、われらのほうから云々する話ではないでな」

いつしか屋形船は道三堀から一石橋を潜って日本橋川に入っていた。

「駿太郎たちが待っておりましょうな」

とおりょうが花見の話題から離れて望外川荘を気にかけた。

大川に出ると墨堤の夜桜見物か、屋根船にて酒盛りをしている連中がけっこういた。

「世はこともなしか」

屋形船は夜桜見物の船の間を縫いながら進み、浅草寺の四つ（午後十時）の時鐘を聞いたとき、竹屋ノ渡しを望む小梅村と須崎村の境まで来ていた。

「おしんさん、新八どの、わが屋敷に泊まっていかれぬか」

「今宵は殿のお許しを得ていませんので引き返します」

と新八が答えたとき、湧水池の水路から船着場が見えて、障子を引き開けたおしんの眼に一つの人影が立っているのが見えた。

「駿太郎さんでしょうか」

おしんの傍らから覗いた小籐次が、

「駿太郎ではないな」

「と、申されますと、どなたでしょうかな」

と新八が問うた。

「知り合いじゃな」

「船を着けますか」

「かの者の用事はこのわしのみ、そなたらに悪さはしまい」

屋形船の気配を感じたか、クロスケとシロの吠え声が望外川荘の方角から聞こえた。

「家にはなんの差しさわりもないと見た」

空蔵が読売で大蔵内の小籐次との対決を止めてみせると約定したが無益であったかと思った。小籐次が次直を手に屋形船の舳先に向かい、障子を開けた。すると老中家の看板を背負った船方の一人が船着き場の主と睨み合っていた。

「船頭衆や、そのご仁、わしに用事でな。手出しは無用にしてもらおう」

小籐次は未だ残った酒の酔いに想いを馳せた。だが、「酒あらば　負く莫かれ」が信条の小籐次にとって酒は助けにこそなれ、害にはならぬと思い直した。

「どっこらしょ」

と言いながら屋形船から船着き場に上がった。

「大蔵内山門隠士どのか」

「今宵は花見に呼ばれておったそうな、約定がこと他日に致すか」

「斟酌無用にござる。ただし、われらが戦う謂れがありやなしや、わしには迷惑以外ないがのう」

「それがしには過日のアサリ河岸での戦い、不本意にござ候わば十分に再戦の曰くはござる」

「戦わねばならぬか」

と小籐次が呟いたとき、竹林の中から灯りが見えて駿太郎とクロスケとシロが飛び出してきた。

「駿太郎、二匹の犬を押えておれ」

「畏まりました」

と駿太郎がクロスケとシロを船着き場の手前の岸辺に伏せさせた。

「これでよかろう」

と小籐次が次直を腰に差し落とした。

「いま一度、そなたの存念を確かめておこうか」

「肥前タイ捨流大蔵内山門隠士、武士の面目にかけて来島水軍流赤目小籐次どのを斃す」

と宣告した。

「武士の面目のう、無益な考えかな」

望外川荘の船着場は屋形船がつけられるほどの長さ九間半、幅も四間ほどあった。当初は二間四方の小さなものであったが、来客が多くなり、それなりの大きさに改装されていた。戦いの場には十分な広さだ。

灯りは屋形船と駿太郎が掲げる提灯があった。

小籐次は武士の出ではあるまいと推量していた大蔵内と二間で対峙した。

前回の得物は大蔵内が径の太い枇杷材の、三尺八寸を超える長さの木刀であった。それに対して小籐次は小舟の竹竿であった。

大蔵内は赤目小籐次のことを知らずして戦いを挑み、後れをとった。

木刀が小籐次の竹竿を叩き折る前に来島水軍流の竿突きが決っていた。あの日からどれほどの日にちが過ぎたか。大蔵内はどこにいたか赤目小籐次のことを探るとともに必死でその対策を練り、稽古を続けてきたであろう。

腰の一剣は大業物(おおわざもの)で刃渡二尺八寸五分あると見た。それを抜き放った大蔵内は、身幅のある刃を上段に構えた。

小籐次はそれを見てゆっくりと、先祖伝来の備中国次直二尺一寸三分を抜き、正眼においた。

背丈において一尺余、刀の長さにおいて七寸二分の差があった。

小籐次は湧水池を背にしていた。

風が湧水池の水面を吹きぬけて、桜の花びらを船着き場に散らした。

駿太郎は、風のせいか父の小柄な体が、
ゆらりゆらり
と前後するのを見た。

「酒の酔いが残っておりましょうか」

舟の中から見ていたおしんは思わず傍らの新八に尋ねていた。

「一斗の酒を飲まれたのです、酒は残っていて不思議はございますまい」

と言った新八は後ろを振り向き、端然と座すおりょうに気付いた。

（この夫婦は似合いじゃ）

と新八が考えたとき、

「タイ捨流を愚弄致すか、赤目小籐次」

と大蔵内が叫んでいた。

「酔いもまた来島水軍流の技にござれば、さような意図はござらぬ」

と言いながらも小籐次の足元がふらつき、腰が落ちた。
「赤目小籐次のお命頂戴致す」
と咆哮した大蔵内が上段に大業物を構えながら踏み込んできた。
再び風が吹き、小籐次の体が右に左に揺れた。
大蔵内は小籐次に向って間合いを詰め、大業物に一身を預けて押し潰すように斬り下げた。
小籐次は、
そより
と風に同化して身を横手に逃すと、頭上から伸し掛かってきた大蔵内山門隠士の胴をしなやかな刃さばきで抜いていた。
うっ
と洩らした大蔵内の巨体が一瞬竦み、その直後、
とっととと
と前のめりに崩れながら船着き場から湧水池へと、どぼん、と大きな水音を立てて落ちていった。
小籐次の揺れが止まり、

「来島水軍流酒一斗流れ胴斬り」

の言葉が夜風に洩れた。

しばし望外川荘の船着き場に沈黙が訪れた。

小籐次が血ぶりをした次直を鞘に納めた。すると最初に沈黙を破ってクロスケとシロが船着き場に上がると小籐次に飛びついてきた。

「よしよし、騒ぐでない。爺はいささか酒に酔っておるでな」

と頭を撫でられた二匹の犬が尻尾を振って昂奮を示した。

「おりょう様、船着場にお上り下さい」

とおしんがおりょうの手を引いて屋形船から下ろした。

「赤目様、この者、アサリ河岸の桃井道場に道場破りをなそうとした者ですな」

「いかにもさよう」

「いささか己の力を過信しましたかな、一度敗れておりながら二度も赤目小籐次様に挑むとは笑止の沙汰にございます」

「剣術家は臆病なくらいが長生きできるがのう」

小籐次の言葉に頷いた新八が、

「この者の始末、われらが付けますか。赤目様方は望外川荘にお帰り下されʼ」

「頼もう」

おりょうの手を引き、クロスケとシロを従えた小籐次の長い一日がようやく終わろうとしていた。その場に残った駿太郎は新八たちを手伝い、大蔵内山門隠士の亡骸を湧水池から船着き場に引き上げ始めた。

弥生四夜の細い月が湧水池から竹林へと消えゆく赤目夫婦と、生から死へと命を落とした亡骸を見詰めていた。

この作品は文春文庫のために書き下ろされたものです。

文春文庫

定価はカバーに表示してあります

酒合戦

新・酔いどれ小籐次（十六）

2020年2月10日　第1刷

著者　佐伯泰英

発行者　花田朋子

発行所　株式会社 文藝春秋

東京都千代田区紀尾井町3-23　〒102-8008
TEL 03・3265・1211㈹
文藝春秋ホームページ　http://www.bunshun.co.jp

落丁、乱丁本は、お手数ですが小社製作部宛お送り下さい。送料小社負担でお取替致します。

印刷・凸版印刷　製本・加藤製本

Printed in Japan
ISBN978-4-16-791434-9

居眠り磐音

友を討ったことをきっかけに江戸で浪人暮らしの坂崎磐音。隠しきれない育ちのよさとお人好しな性格で下町に馴染む一方、〝居眠り剣法〟で次々と襲いかかる試練と敵に立ち向かう！

※白抜き数字は続刊

居眠り磐音〈決定版〉順次刊行中！

① 陽炎ノ辻 かげろうのつじ
② 寒雷ノ坂 かんらいのさか
③ 花芒ノ海 はなすすきのうみ
④ 雪華ノ里 せっかのさと
⑤ 龍天ノ門 りゅうてんのもん
⑥ 雨降ノ山 あふりのやま
⑦ 狐火ノ杜 きつねびのもり
⑧ 朔風ノ岸 さくふうのきし
⑨ 遠霞ノ峠 えんかのとうげ
⑩ 朝虹ノ島 あさにじのしま
⑪ 無月ノ橋 むげつのはし
⑫ 探梅ノ家 たんばいのいえ
⑬ 残花ノ庭 ざんかのにわ
⑭ 夏燕ノ道 なつつばめのみち
⑮ 驟雨ノ町 しゅううのまち

⑯ 螢火ノ宿 ほたるびのしゅく
⑰ 紅椿ノ谷 べにつばきのたに
⑱ 捨雛ノ川 すてびなのかわ
⑲ 梅雨ノ蝶 ばいうのちょう
⑳ 野分ノ灘 のわきのなだ
㉑ 鯖雲ノ城 さばぐものしろ
㉒ 荒海ノ津 あらうみのつ
㉓ 万両ノ雪 まんりょうのゆき
㉔ 朧夜ノ桜 ろうやのさくら
㉕ 白桐ノ夢 しろぎりのゆめ
㉖ 紅花ノ邨 べにばなのむら
㉗ 石榴ノ蠅 ざくろのはえ
㉘ 照葉ノ露 てりはのつゆ
㉙ 冬桜ノ雀 ふゆざくらのすずめ
㉚ 侘助ノ白 わびすけのしろ
㉛ 更衣ノ鷹 きさらぎのたか 上
㉜ 更衣ノ鷹 きさらぎのたか 下
㉝ 孤愁ノ春 こしゅうのはる
㉞ 尾張ノ夏 おわりのなつ
㉟ 姥捨ノ郷 うばすてのさと
㊱ 紀伊ノ変 きいのへん
㊲ 一矢ノ秋 いっしのとき
㊳ 東雲ノ空 しののめのそら
㊴ 秋思ノ人 しゅうしのひと
㊵ 春霞ノ乱 はるがすみのらん
㊶ 散華ノ刻 さんげのとき
㊷ 木槿ノ賦 むくげのふ
㊸ 徒然ノ冬 つれづれのふゆ
㊹ 湯島ノ罠 ゆしまのわな
㊺ 空蟬ノ念 うつせみのねん
㊻ 弓張ノ月 ゆみはりのつき
㊼ 失意ノ方 しついのかた
㊽ 白鶴ノ紅 はっかくのくれない
㊾ 意次ノ妄 おきつぐのもう
㊿ 竹屋ノ渡 たけやのわたし
51 旅立ノ朝 たびだちのあした

新・居眠り磐音

① 奈緒と磐音 なおといわね
② 武士の賦 もののふのふ
③ 初午祝言 はつうましゅうげん

（　）内は解説者。品切の節はご容赦下さい。

永井路子
山霧　毛利元就の妻　（上下）

中国地方の大内、尼子といった大勢力のはざまで苦闘する元就の許に、鬼吉川の娘が輿入れしてきた。明るい妻に励まされながら戦国乱世を生き抜く武将を描く歴史長編。（清原康正）

な-2-52

永井路子
葛の葉抄　只野真葛ものがたり

伊達藩藩医の娘あや子。離婚、家の没落などを経て、只野真葛を名乗り、自由で個性的な随筆を執筆。〝江戸の清少納言〟と著者が評する真葛の半生を生き生きと描いた長編。（酒井順子）

な-2-54

中村彰彦
二つの山河

大正初め、徳島のドイツ人俘虜収容所で例のない寛容な処遇がなされ、日本人市民と俘虜との交歓が実現した。所長こそサムライと称えられた会津人の生涯を描く直木賞受賞作。（山内昌之）

な-29-3

中村彰彦
名君の碑　保科正之の生涯

二代将軍秀忠の庶子として非運の生を受けながら、足るを知り、傲ることなく、兄である三代将軍家光を陰に陽に支え続け、清らかにこの世に身を処した会津藩主の生涯を描く。（山内昌之）

な-29-5

新田次郎
武田信玄　（全四冊）

父・信虎を追放し、甲斐の国主となった信玄は天下統一を夢みる（風の巻）。信州に出た信玄は上杉謙信と川中島で戦う（林の巻）。長男・義信の離反（火の巻）。上洛の途上に死す（山の巻）。

に-1-30

新田次郎
怒る富士　（上下）

宝永の大噴火で山の形が一変した富士山。噴火の被害は甚大で、被災農民たちの救済策こそ急がれた。奔走する関東郡代の前に立ちはだかる幕府官僚たち。歴史災害小説の白眉。（島内景二）

に-1-36

新田次郎
槍ヶ岳開山

妻殺しの罪を償うため国を捨て、厳しい修行を自らに科した修行僧・播隆。前人未踏の岩峰・槍ヶ岳の初登攀に成功した男の苛烈な生き様を描いた長篇伝記小説。「取材ノートより」を併録。

に-1-38

（　）内は解説者。品切の節はご容赦下さい。

ご隠居さん　野口 卓

腕利きの鏡磨ぎ師・梟助じいさん。江戸に暮らす人々の家に入り込み、落語や書物の教養をもって面白い話を披露、時には事件を鮮やかに解決します。待望の新シリーズ。（柳家小満ん）

の-20-1

心の鏡　野口 卓　ご隠居さん(二)

古き鏡に魂あり。誠心誠意磨いたら心を開いてくれるでしょう——古い鏡にただならぬものを感じ精進潔斎して鏡磨ぎの仕事に挑む表題作など全五篇。人気シリーズ第二弾。（生島　淳）

の-20-2

犬の証言　野口 卓　ご隠居さん(三)

五歳で死んだ一人息子が見知らぬ夫婦の子として生れ変っていた？　愛犬クロのとった行動に半信半疑の両親は——鏡磨ぎの梟助じいさんが様々な「絆」を紡ぐ傑作五篇。（北上次郎）

の-20-3

出来心　野口 卓　ご隠居さん(四)

主人が寝ている隙に侵入した泥坊が、酒の誘惑に勝てず酔いつぶれたという隣家の話に「まるで落語ですね」と梟助さん。勢い話は泥坊づくしとなり——。大好評の第四弾。（縄田一男）

の-20-4

還暦猫　野口 卓　ご隠居さん(五)

突然引っ越したお得意様夫婦の新居を梟助さんが訪ねると、座布団に猫が一匹。まさかあの奥さまの願望が真実に!?　落語や豆知識が満載の、ほろ苦くも心温まる第五弾。（大矢博子）

の-20-5

思い孕（はら）み　野口 卓　ご隠居さん(六)

十七歳で最愛の夫を亡くしたイネ曰く「死んでも魂はそばにいるの」。そのうちイネのお腹が膨らみ始めて……。謎と笑い溢れる江戸のファンタジー全五篇。好評シリーズ第六弾！

の-20-6

銀漢の賦　葉室 麟

江戸中期、西国の小藩で同じ道場に通った少年二人。不名誉な死を遂げた父を持つ藩士・源五の友は、名家老に出世していた。彼の窮地を救うために源五は……。松本清張賞受賞作。（島内景二）

は-36-1

（　）内は解説者。品切の節はご容赦下さい。

いのちなりけり　葉室　麟
自ら重臣を斬殺した水戸光圀は、翌日一人の奥女中を召しだした。この際、御家の禍根を断つべし――。肥前小城藩主への書状の真意は。一組の夫婦の絆の物語が動き出す。（縄田一男）
は-36-2

花や散るらん　葉室　麟
京で平穏に暮らしていた雨宮蔵人と咲弥。二人は朝廷と幕府の暗闘に巻き込まれ、江戸へと向かう。赤穂浪士と係り、遂には吉良邸討ち入りに立ち会うことになるのだが……。（島内景二）
は-36-3

恋しぐれ　葉室　麟
老境を迎えた与謝蕪村。俳人、画家として名も定まり、よき友人や弟子たちに囲まれ、悠々自適に暮らす彼に訪れた最後の恋。新たな蕪村像を描いた意欲作。（内藤麻里子）
は-36-4

無双の花　葉室　麟
関ヶ原の戦いで西軍に与しながら、旧領に復することのできたただ一人の大名・立花宗茂。九州大友家を支える高橋紹運の嫡男、宗茂の波乱万丈の一生を描いた傑作。（植野かおり）
は-36-6

山桜記　葉室　麟
命の危険を顧みず、男は妻のため出兵先の朝鮮半島から日本へ還る（「汐の恋文」）。大名の座を捨て、男は妻と添い遂げた（「花の陰」）。戦国時代の秘められた情愛を描く珠玉の短編集。（澤田瞳子）
は-36-7

影踏み鬼　葉室　麟
新撰組篠原泰之進日録
伊東甲子太郎を慕い新撰組に入隊、後に赤報隊に身を投じた久留米藩脱藩隊士、篠原泰之進。彼の目を通して見た新撰組の隆盛と凋落。（朝井まかて）
は-36-8

まんまこと　畠中（はたけなか）　恵
江戸は神田、玄関で揉め事の裁定をする町名主の跡取・麻之助。このお気楽ものが、支配町から上がってくる難問奇問に幼馴染の色男・清十郎、堅物・吉五郎と取り組むのだが……。（吉田伸子）
は-37-1

（　）内は解説者。品切の節はご容赦下さい。

こいしり　畠中　恵
町名主名代ぶりは板についてきたものの、淡い想いの行方は皆目見当がつかない麻之助。両国の危ないお二イさんたちも活躍する、大好評「まんまこと」シリーズ第二弾。（細谷正充）
は-37-2

こいわすれ　畠中　恵
麻之助もついに人の親に?!　江戸町名主の跡取り息子高橋麻之助が、幼なじみの色男・清十郎、堅物・吉五郎とともに様々な謎と揉め事に立ち向かう好評シリーズ第三弾。（小谷真理）
は-37-3

ときぐすり　畠中　恵
恋女房のお寿ずを亡くし放心と傷心の日々に沈む麻之助。幼馴染の清十郎と吉五郎の助けで少しずつ心身を回復させていく。NHKでドラマ化もされた好評シリーズ第四弾。（吉田紀子）
は-37-4

まったなし　畠中　恵
妻を亡くした悲しみが癒えぬ麻之助。年の離れた許婚のいる堅物の吉五郎とともに、色男・清十郎に運命の人が現れることを願うが――「まんまこと」シリーズ第五弾！（福士誠治）
は-37-5

蘭陵王の恋　平岩弓枝　新・御宿かわせみ4
麻太郎の留学時代の友人・清野凜太郎登場！　凜太郎は御所に仕える楽人であった。凜太郎と千春は互いに思いを募らせていく。表題作ほか「麻太郎の友人」「姨捨山幻想」など全七篇。
ひ-1-238

千春の婚礼　平岩弓枝　新・御宿かわせみ5
婚礼の日の朝、千春の頰を伝う涙の理由を兄・麻太郎は摑みかねていた。表題作ほか、「宇治川屋の姉妹」「とりかえばや診療所」「殿様は色好み」「新しい旅立ち」の全五篇を収録。
ひ-1-239

お伊勢まいり　平岩弓枝　新・御宿かわせみ6
大川端の旅宿「かわせみ」は現在修繕休業中。この折に「かわせみ」の面々は、お伊勢まいりに参加。品川宿から伊勢路へと慣れぬ旅を続けるが、怪事件に見舞われる。シリーズ初の長篇。
ひ-1-240

（　）内は解説者。品切の節はご容赦下さい。

天地人（上下）
火坂雅志
主君・上杉景勝とともに、信長、秀吉、家康の世を泳ぎ抜いた名宰相直江兼続。〝義〟を貫いた清々しく鮮烈なる生涯を活写する長篇歴史小説。NHK大河ドラマの原作。（縄田一男）
ひ-15-6

真田三代（上下）
火坂雅志
山間部の小土豪であった真田氏は幸村の代に及び「日本一の兵」と称されるに至る。知恵と情報戦で大勢力に伍した、地方の、小さきものの誇りをかけた闘いの物語。（末國善己）
ひ-15-11

常在戦場
火坂雅志
行商人ワタリの情報力で仕えた鳥居元忠、「馬上の局」と呼ばれた阿茶の局、「利は義なり」の志で富をもたらした角倉了以など、家康を支えた異色の者たち七名を描く短篇集。（縄田一男）
ひ-15-13

天下　家康伝（上下）
火坂雅志
惜しまれつつ急逝した著者最後の文庫本。信長のアイデアも、秀吉の魅力もない家康が、何故天下人という頂に辿り着けたのか、その謎に挑んだ意欲作！（島内景二）
ひ-15-14

隠し剣孤影抄
藤沢周平
剣客小説に新境地を開いた名品集〝隠し剣〟シリーズ。剣鬼と化し破牢した夫のため捨て身の行動に出る人妻、これに翻弄される男を描く「隠し剣鬼ノ爪」など八篇を収める。（阿部達二）
ふ-1-38

海鳴り（上下）
藤沢周平
心が通わない妻と放蕩息子の間で人生の空しさと焦りを感じる紙屋新兵衛は、薄幸の人妻おこうに想いを寄せ、闇に落ちていく。人生の陰影を描いた世話物の名品。（後藤正治）
ふ-1-57

逆軍の旗
藤沢周平
坐して滅ぶか、あるいは叛くか——戦国武将で一際異彩を放ち、今なお謎に包まれた明智光秀を描く表題作他、郷里の歴史に材をとった「上意改まる」「幻にあらず」等全四篇。（湯川　豊）
ふ-1-59

（　）内は解説者。品切の節はご容赦下さい。

回天の門（上下）　藤沢周平

山師、策士と呼ばれ、いまなお誤解のなかにある清河八郎は、官途へ一片の野心ももたない草莽の志士でありつづけた。維新回天の夢を一途に追った清冽な男の生涯を描く。（関川夏央）

ふ-1-61

蟬しぐれ（上下）　藤沢周平

清流と木立にかこまれた城下組屋敷。淡い恋、友情、そして忍苦―苛烈な運命に翻弄されながら成長してゆく少年藩士・牧文四郎の姿を、ゆたかな光の中に描いた傑作長篇。（湯川　豊）

ふ-1-63

春秋の檻　獄医立花登手控え（一）　藤沢周平

居候先の叔父宅でこき使われながら、小伝馬町牢医者の仕事を黙々とこなす立花登。ある時、島流しの船を待つ囚人に思わぬ頼まれ事をする。青年医師の成長を描く連作集。（末國善己）

ふ-1-65

風雪の檻　獄医立花登手控え（二）　藤沢周平

重い病におかされる老囚人に「娘と孫を探してくれ」と頼まれ、登が長屋を訪ねてみると、薄気味悪い男の影が――。青年獄医が数々の難事件に挑む連作集第二弾！（あさのあつこ）

ふ-1-66

愛憎の檻　獄医立花登手控え（三）　藤沢周平

新しい女囚人おきぬは、顔も身体つきもどこか垢抜けていた。そのしたたかさに、登は事件の背景を探るが、どこか腑に落ちない。テレビドラマ化もされた連作集第三弾。（佐生哲雄）

ふ-1-67

人間の檻　獄医立花登手控え（四）　藤沢周平

死病に憑かれた下駄職人が過去の「子供さらい」の罪を告白。その時の相棒に似た男を、登は牢で知っていた。医師としての理想を探りつつ、難事に挑む登。胸を打つ完結篇！（新見正則）

ふ-1-68

志士の風雪　古川　薫

吉田松陰に「弥二は人物を以て勝る」と特に愛された品川弥二郎。維新の中枢で活躍し明治まで生き抜いた後も、信念を貫く政治家として奔走した――その生涯を描いた歴史長編。

ふ-3-19

文春文庫　最新刊